스크린의 별

FUSION FANTASTIC STORY

박선우 장편소설

스크린의 별 6

박선우 장편소설

초판 1쇄 찍은 날 § 2018년 3월 6일
초판 1쇄 펴낸 날 § 2018년 3월 13일

지은이 § 박선우
펴낸이 § 서경석

총괄팀장 § 최하나
편집 § 이지연

펴낸곳 § 도서출판 청어람
등록번호 § 제387-1999-000006호
등록일자 § 1999. 5. 31
어람번호 § 제1-2861호

주소 § 경기도 부천시 부일로 483번길 40 서경B/D 3F (우) 14640
전화 § 032-656-4452 팩스 § 032-656-4453
http://www.chungeoram.com
E-mail § chungeorambook@daum.net

ISBN 979-11-04-91672-4 04810
ISBN 979-11-04-91447-8 (세트)

스크린의 별

FUSION FANTASTIC STORY

박선우 장편소설

8

도서출판 청어람

CONTENTS

제52장 사과는 필요 없어 007

제53장 영웅 077

제54장 청룡 153

제52장
사과는 필요 없어

차에서 내린 강도영이 신은서를 따라 조심스럽게 발걸음을 옮겼다.

텔레비전에서 공개적으로 프러포즈까지 했으니 신은서의 부모님께 정식으로 인사를 드리는 게 옳은 일이라 생각해서 급하게 날짜를 잡았으나 막상 아파트에 도착하자 바짝 긴장이 되었다.

"은서 씨, 아버지 안 무섭지?"

"우리 아빠 그런 분 아니야. 얼마나 자상하시다구."

"늦게 왔다고 혼내시지 않을까?"

"하아, 이 사람. 이제 보니 겁쟁이네. 영화에서는 엄청난 카리스마를 팡팡 뿜어내더니 소심하게 왜 그러서?"

신은서가 강도영을 사랑스럽게 바라보며 농담을 던졌다.

오랜 시간 동안 사귀어왔으나 강도영의 이런 모습은 처음이다.

하지만 그녀 역시 긴장되는 건 마찬가지였다. 사윗감의 자격으로 집에 초대했으니 강도영이 부모님 마음에 쏙 들기를 간절히 바랐다.

엘리베이터가 도착하자 강도영이 긴장되는지 자꾸 손을 꼼지락거리는 게 보였다.

그랬기에 그녀는 강도영을 향해 맑은 웃음을 보냈다.

"도영 씨, 잘해. 퇴짜 맞지 말고."

"응."

"어떻게 잘할 건데?"

"바짝 엎드려야지. 따님을 주시기만 하면 무지무지하게 행복하게 만들겠다는 맹세를 할 거야."

"그렇지, 좋은 마음가짐이군. 히힛… 하여간 잘해봐."

엘리베이터는 그녀의 웃음과 함께 금방 15층에 도착했다.

신은서의 본가는 용산에 있었는데 새로 지은 아파트라 외관이 깨끗했고 내부도 훌륭했다.

땡!

도착을 알리는 소리와 함께 엘리베이터가 멈춰 서자 강도영의 몸이 더욱 굳어졌다.

장래의 처갓집 식구들에게 자신의 모습을 선보인다는 것은 아무리 많은 사람 앞에 노출되었던 경험이 있었어도 여전히 긴장되는 일이었다.

*　　　　*　　　　*

강도영이 올라온다는 손연숙의 말에 전 가족이 현관 앞으로 몰려나갔다.

하지만 신국환만은 가장의 체면을 꿋꿋이 지키며 소파를 사수했다.

아무리 강도영이 대단한 슈퍼스타라 해도 지금은 사위 자격으로 오는 놈이고, 너무 늦게 왔으니 환영보다는 고문을 해야 맞았다.

사위는 백년손님이라 했지만 처음 군기를 잡아놓지 않으면 기강이 헤이해질 우려가 있기 때문이다.

손연숙이 부랴부랴 현관문을 열고 기다리자 엘리베이터가 도착하는 소리와 함께 곧 신은서와 강도영의 모습이 나타났다.

"어서 와요."

"인사해, 엄마야."

"안녕하세요, 어머님. 강도영입니다."

"호호… 반가워요."

손연숙이 얼른 들어오라는 손짓을 했기 때문에 걸음을 옮겨 들어가자 신은경이 대뜸 강도영의 팔짱을 끼어 왔다.

그녀의 얼굴은 웃음꽃이 활짝 피어 있었는데 강도영을 직접 보는 게 너무나 신기한 것 같았다.

"형부, 반가워요. 왜 이제 왔어요. 얼마나 보고 싶었다구요."

"은경 씨죠?"

"맞아요. 착하고 예쁜 우리 집 막내랍니다."

"잘 부탁해요."

"걱정하지 마세요. 전 언제나 형부 편이니까 누가 뭐라고 하면 저한테 바로 말하세요. 제가 다 해결해 드릴게요."

신은경의 무지막지한 환영에 긴장되었던 마음이 슬며시 풀어졌다.

하지만 거실로 들어가 소파에 앉아 있는 신국환을 보는 순간 순식간에 얼굴이 다시 굳어졌다.

신국환은 강도영이 들어서자 천천히 소파에서 일어서고 있었는데 얼굴에 웃음기가 전혀 담겨 있지 않았다.

"아버님, 안녕하십니까. 처음 뵙겠습니다."

"어허, 이 사람. 누가 자네 아버님이야. 이거 처음부터 너무 세게 나오는구만."

"당신, 왜 그래요?"

신국환의 말에 강도영이 당황스러워하는 모습을 보이자 중간에서 손연숙이 가로막으며 옆구리를 찔렀다.

그러나 신국환은 끄덕도 하지 않고 강도영을 바라만 보았다.

"일단 앉게. 인사도 오지 않고 우리 딸내미한테 청혼부터 했으니 혼날 준비는 되어 있겠지?"

"예, 아버님. 잘못을 했으니까 당연히 혼나야죠."

긴장한 것처럼 보이던 강도영이 스스럼없이 대답을 하자 안색을 굳히고 있던 신국환의 얼굴에서 슬그머니 미소가 피어올랐다.

그러자 나머지 식구들의 표정도 풀렸다.

전혀 보지 못했던 신국환의 행동에 당황했던 가족들은 뒤늦게 장난임을 눈치채고 웃음을 흘려냈다.

강도영. 대한민국 최고의 슈퍼스타.

그를 눈앞에 앉혀 놓은 신은서의 식구들은 그저 보기만 해도 신기했다.

특히 신은경과 신은미는 강도영의 얼굴에서 눈을 떼지 못했는데 화면에서 보는 것보다 실제로 보는 게 훨씬 더 잘생겼다고 생각했기 때문이다.

하지만 신국환과 손연숙은 달랐다.

지금은 강도영이 사위 자격으로 왔기 때문에 물어볼 게 많았고 앞으로의 계획에 대해서도 들어야 할 이야기가 많았다.

부지런히 신은미가 차와 과일을 준비해서 강도영의 앞에 놓자 신문 준비가 완벽하게 완료되었다.

이것도 미리 부부가 머리를 맞대고 어젯밤부터 짜놓은 계획이었다.

"자, 그럼 사윗감에 대한 테스트를 시작하겠네. 대답할 준비가 되었나?"

"예, 아버님."

"밥은 우리 시험에 통과하면 주겠네."

"최선을 다하겠습니다. 그런데 냄새가 너무 좋네요."

"어허, 일단 시험부터 통과하라니까. 먼저 이렇게 늦게 온 이유가 뭔가. 내가 알기로 우리 딸은 벌써부터 자네 부모님께 수시로 인사를 드렸다고 하던데?"

"책임감 때문입니다. 남자는 행동이 무거워야 한다고 배웠습니다. 은서 씨를 데려갈 준비가 되어 있지 않은 상태에서 아버님을 뵈는 건 무책임한 짓이라고 생각했습니다. 그래서 이제야 오게 된 겁니다."

"이제는 데려갈 준비가 되었단 뜻인가?"

"그렇습니다."

"누구 마음대로. 난 우리 딸을 준다고 한 적이 없어."

"행복하게 해주겠습니다. 은서 씨가 눈을 감을 때까지 항상 옆에서 사랑하겠습니다. 그러니 결혼을 허락해 주십시오."

"음……."

"아빠, 그만하시고 허락해 주세요. 부탁드려요."

신국환이 쉽게 대답하지 않고 팔짱을 낀 채 생각에 잠기자 신은서가 나서서 강도영을 도왔다.

그러나 신국환의 입에서 나온 것은 허락이 아니었다.

"난 솔직히 이해가 되지 않네. 자네는 지금 엄청난 인기를 얻고 있는 최고의 스타 자리에 있는 사람이야. 결혼을 하게 되면 많은 손해를 보게 될 텐데 왜 그런 생각을 했는지 모르 겠구먼. 나 같으면 절대 이런 선택을 하지 않았을 거야."

"인기라는 것은 영원하지 않은 거라 생각합니다. 인기를 위 해 소중한 사람을 잃는다면 그것처럼 바보 같은 짓이 없을 겁 니다. 전 제 사랑을 위해서라면 지금이라도 연기를 그만둘 수 있습니다."

"어머, 멋있어요. 텔레비전에서 공개 청혼 했을 때도 정말 멋있었는데 여기서도 그러시네. 형부, 그 말 미리 준비해 온 거예요?"

신은경이 초를 쳤다.

사윗감의 자격을 테스트하는 신중한 자리에서 엉뚱한 소리를 하자 가족들이 동시에 그녀를 째려봤다.

하지만 그녀로 인해 분위기가 풀어진 것도 사실이었다.

"그 말 사실인가?"

"예, 아버님."

"좋구먼, 좋아. 자네가 정말 그런 생각을 가지고 있다면 허락하지. 그래, 결혼을 한다면 언제 할 생각인가?"

"저는 3개월 후에 일본 콘서트가 잡혀 있습니다. 콘서트가 끝나는 대로 준비해서 식을 올리겠습니다."

"너무 빨라. 콘서트가 있다면 준비 때문에 상견례는 그 후에 해야 된다는 건데 그렇게 빨리할 수 있겠나. 가서 자네 부모님께 먼저 상의드리고 오게. 결혼은 인륜지 대사야. 자네를 낳아주신 부모님의 의견이 무엇보다 중요하단 말일세. 부모님께 날짜 받아 와. 그러면 우리도 거기에 맞춰 준비할 테니까."

"알았습니다. 그렇게 하겠습니다."

강도영이 이의를 달지 않고 순순히 대답하자 신국환의 얼굴에서 만족한 웃음이 떠올랐다.

손연숙이 뒤늦게 나선 것은 신국환의 신문과 허락이 모두 떨어진 후였다.

그녀는 가장의 체면을 생각해서 신문이 이루어질 동안 한마디도 하지 않다가 모든 절차가 끝나자 강도영을 향해 손을 내밀었다.

"정말 고마워요. 우리 딸 좋아해 줘서. 많이 부족할 거야. 그래도 예쁘고 착하게 잘 키웠으니까 약속한 대로 꼭 행복하게 해줘요."

*   *   *

언론의 극성은 대단했다.

강도영이 텔레비전에 출연해서 극적인 프러포즈를 한 순간부터 모든 연예계 기자들이 두 사람을 따라다녔다.

두 사람뿐만이 아니다. 그들의 주변 인물들은 전부 인터뷰 대상이 되었고 그들 한 마디 한 마디가 기사가 되어 퍼져 나갔다.

초미의 관심.

그렇지 않아도 강도영에 관한 기사거리가 없어서 힘들어했던 기자들은 물 만난 고기처럼 뛰어다녔고 텔레비전의 연예 프로그램은 두 사람의 사랑 이야기로 많은 시간을 할애하며 두 사람의 장래에 대해 입방아를 찧었다.

연예인들, 특히 톱스타들의 사랑은 수많은 난관에 부딪치는 경우가 너무나 많았다.

비록 결혼을 약속했다 해도 결혼에 골인하는 커플은 드물었고 결혼을 했다 해도 쉽게 헤어지는 경우가 비일비재했기 때문에 언론에서는 두 사람의 성격까지 분석하며 행복한 결혼 생활이 가능할 수 있는지 떠들어댔다.

그러나 시간이라는 마법은 참으로 신기해서 어느 정도 시간이 지나자 강도영의 프러포즈 사건은 슬그머니 언론에서 자취를 감추었다.

현대사회는 수많은 사건 사고와 새로운 뉴스거리가 봇물처럼 터지기 때문에 강도영의 이야기는 한때의 아름다운 동화가 되어 사람들의 기억 속에 잠들어갔다.

*   *   *

"티켓 판매 준비는 끝났나?"

"예, 보스."

사사끼가 묻자 회의용 탁자 맨 앞에 있던 JR의 기획이사 이치로가 즉시 대답을 해왔다.

사사끼의 앞에는 3명의 인물이 앉아 있었는데 JR엔터테인먼트의 핵심 브레인들인 이치로를 비롯해서 홍보이사와 재무이사였다.

사사끼의 표정은 이전에 강도영이 만났을 때의 부드러움과 전혀 다른 얼굴을 하고 있었는데 사장으로서의 포스가 장난이 아니었다.

"재팬 쪽은?"

"그놈들도 준비가 끝난 것 같습니다."

"지금쯤 그놈들도 눈치챘겠구만."

"그렇습니다. 우리가 1시간 전부터 홍보를 시작했으니 알았을 겁니다. 사이드를 통해 재팬 쪽의 반응을 슬쩍 알아봤더니 난리가 났더군요."

"크크크… 그렇겠지."

사사끼의 입에서 기괴한 웃음이 터져 나왔다.

그가 극도로 기분이 좋을 때마다 흘리는 특유의 웃음이었다.

JR 측이 대한민국 최대 엔터테인먼트 YK와 HDS가 양측 회사의 주력 가수들을 모두 투입해서 일본 공연을 추진한다는 정보를 입수하고 콘택트에 들어간 것은 6개월 전의 일이었다.

협상이 원만하게 진행되었으나 중간에서 재팬엔터테인먼트가 치고 들어와 기습적으로 계약을 하는 바람에 JR 측은 닭 쫓던 개 신세가 되고 말았다.

YK와 HDS의 주력 가수들인 '허리케인'과 '샤크라', '식스엔젤', '비스트보이' 등은 일본에서 엄청난 인기를 얻고 있었기 때문에 막대한 이윤을 얻을 수 있는 기회였다.

뒤통수를 맞은 사사끼는 자신을 향해 비릿한 웃음을 흘리던 재팬의 사장, 다카노리의 얼굴을 보면서 이를 갈았다.

재팬엔터테인먼트는 공연 기획 쪽에서 JR의 아성을 넘보는 경쟁자였기에 이번 한국 아이돌의 공연을 빼앗긴 게 너무나 아팠다.

그래서 고민 끝에 내린 결정이 일본 최대의 공중파 방송 NHT의 지원을 받고 강도영을 섭외하는 것이었다.

NHT는 어쩐 일인지 강도영의 섭외에 적극적으로 나섰는데 섭외 비용의 30%를 내면서 그들이 제작하는 방송에 2번 출연시켜 달라는 계약 조건을 내밀었다.

비밀리에 강도영을 섭외한 것은 그가 복면가왕에서 무시무시한 가창력을 가졌다는 게 결정적인 요인으로 작용했다.

강도영이라면 재팬 쪽에 빼앗긴 한국 아이돌의 아성을 무너뜨릴 수 있을 거란 판단이었다.

재팬 쪽이 자신들의 공연 일자에 맞춰 강도영의 콘서트가 벌어진다는 걸 까마득히 몰랐던 건 그동안 철저하게 비밀을 유지했기 때문이다.

승부다.

과연 누가 얼마나 강한 티켓 파워를 보여줄 수 있는지 곧 결판이 난다.

자신은 있었다.

강도영은 전 아시아를 통해 별 중의 별로 통하는 놈이었으니 일본에서 인기가 하늘을 찌른다는 한국의 아이돌을 충분히 무찌를 수 있을 것이다.

그랬기에 부담감이 있었지만 재팬 쪽의 공연 일자와 겹치도록 강도영의 공연을 준비했다.

이 전쟁에서 이기는 자가 향후 일본의 공연 기획을 완벽하게 장악하게 될 테니 이번 기회에 무조건 재팬을 무너뜨릴 생각이었다.

*　　　　*　　　　*

"뭐래?"

"지들도 방금 알았다고 펄펄 뛰는구만."

YK의 대표 박진웅이 인상을 쓰자 HDS 대표 한대석의 표정이 슬쩍 변했다.

방금 일본어에 능통한 박진웅이 재팬엔터테인먼트의 사장 다카노리와 통화를 했지만 들어온 정보는 한계가 있었다.

일본 측도 지금 언론에서 대서특필을 터뜨리고 있는 사건의 실체에 대해서 진행 상황을 제대로 파악하지 못하고 있는 것 같았다.

"이 새끼들이 짜고 친 고스톱 아냐?"

"조금 더 알아봐야 해. 다카노리가 펄펄 뛰는 걸 보면 아닌 것도 같단 말이지."

"씨발, 이게 뭔 일인지 모르겠네."

"아무래도 JR 측에서 재팬을 엿 먹이려고 벌인 일 같아. 우리가 놈들을 따돌리고 재팬 측과 계약한 것 때문에 미친놈처럼 거품을 물었잖아."

"그거야 재팬 쪽이 훨씬 더 좋은 조건을 제시했으니까 그렇지."

한대석이 말도 안 된다는 듯 인상을 썼으나 말꼬리에 힘이 없었다.

배신은 배신이다.

먼저 JR 측에서 협상이 들어왔으나 재팬 측에서 내민 조건이 워낙 좋다 보니 뒤도 돌아보지 않고 계약을 해버렸다.

한마디로 상도의를 저버린 행동이었다.

박진웅이 심각한 표정으로 입을 연 건 신의니 상도의니 하는 것 때문이 아니었다.

그런 건 사업을 하다 보면 비일비재로 벌어지는 일이다.

문제는 재팬 측의 조건에 문제가 생겼다는 것이었다.

재팬 측은 10억이란 기본 계약금에 러닝개런티를 제시했다. 입장한 관중들의 숫자에 맞춰 이윤의 30%를 주겠다는 조건이었다.

3회 공연이 계획되었기 때문에 공연마다 3만 명만 잡아도 최소 50억을 챙길 수 있는 계약이었다.

그것도 최소였고 예상대로 돔 공연장이 완전 매진 된다면

100억에 가까운 돈을 만질 수 있었으니 그야말로 대박 조건을 체결한 것이었다.

하지만 암초가 생겼다.

언론에서 보도하고 있는 내용에 따르면 거의 강도영의 콘서트가 재팬 측이 계획한 것과 일치하고 있었다.

도시, 날짜, 시간대가 겹쳤고 장소도 얼마 떨어지지 않는 곳이었다.

"괜찮겠지?"

"티켓팅이 시작되었다니 결과는 금방 나타날 거야. 허리케인과 샤크라, 비스트보이는 일본에서 엄청난 인기를 끌고 있는 애들이니까 너무 걱정하지 마. 아무리 강도영이 대단한 놈이라도 그놈 근본은 가수가 아니라 배우잖아. 관중들은 노래만 들으러 콘서트에 오는 게 아냐. 신나는 춤과 열기를 직접 느끼기 위해서 오는 거니까 충분히 우리가 이길 수 있어."

"네 말대로 되었으면 좋겠다. 우리가 공연 기획에 투자한 금액이 벌써 20억이 넘어. 잘못하면 우린 빈손으로 돌아와야 한다고!"

*   *   *

이승환은 사무실에 있다가 윤철욱의 보고를 받고 눈을 지그시 오므렸다.

처음 듣는 소리였기 때문이다.

국내 최대의 엔터테인먼트인 YK, HDS는 자주 일본 공연을 가졌고 벌써 오래전부터 조인 콘서트를 개최해 왔다.

하지만 이승환은 그들의 공연에 신경을 쓴 적이 없다.

가는 길이 달랐기 때문이다.

YK와 HDS는 가수가 주력이었고 페이스는 배우들을 관리하는 회사였기 때문에 부딪칠 일이 없었으니 신경 쓸 이유도 없었다.

강도영의 콘서트와 그들이 개최하는 '오톰 페스티벌'이 동시에 벌어진다고 해도 페이스 쪽은 아무런 상관이 없다.

공연에 관한 모든 준비는 JR 측에서 했고 관객 수와 상관없이 무조건 100억이란 개런티를 받기로 했기 때문이다.

그럼에도 기분이 찜찜했다.

JR의 사사끼가 '오톰 페스티벌'과 겹친다는 걸 모를 리 없었음에도 사전에 아무런 언질을 주지 않은 건 뭔가 다른 생각이 있기 때문이라는 판단이 들었다.

"윤 실장, 그놈들 속셈이 뭔 것 같아?"

"직원들이 YK 쪽에 파악한 걸로는 JR 측에서 앙심을 품은 것 같답니다."

"뭔 소리야?"

"이번 오톰 페스티벌을 처음 타진한 게 JR 측인데 재팬 쪽에 뺏겼다는 겁니다. 그래서 JR의 사사끼가 엿 먹으라고 지랄했다는 거죠."

"웃기는 소리구만."

"사사끼가 열을 많이 받은 모양입니다."

"아냐!"

"예?"

"아니라고, 뭔가 다른 이유가 있어. 아무리 열받았다고 해도 사사끼 같은 노련한 사업가가 손해 볼 짓을 할 것 같아? 같은 날 공연을 하게 되면 도영이가 아무리 대단한 인기를 얻고 있는 슈퍼스타라 해도 관중들이 갈리게 된다. 잘못하면 빈자리가 생길 수도 있단 말이다. 그런데 그런 짓을 할 것 같나?"

"듣고 보니 그렇기도 하네요. 그럼 뭘까요?"

"다른 건 뭐 들은 거 없어?"

"아, 이상한 게 있습니다. 이번 오톰 페스티벌도 NHT가 뒤에 있다고 합니다."

"정말이야!"

"예, YK에서 나온 정보니까 확실한 거죠."

"이 새끼들이 도대체 무슨 짓을 벌이는 거지. NHT가 같은 날짜에 벌어지는 공연을 전부 후원한다는 게 이해가 돼?"

이승환의 목소리가 날카롭게 올라갔다.

이번 강도영의 콘서트를 계약한 JR의 배후에 NHT가 있다는 소리를 들었을 때 기분이 좋지 않았다.

NHT는 한류에 대해 극도의 부정적인 태도를 보여온 일본의 대표적인 우익 방송이었기 때문이다.

뒤늦게 상황을 눈치챈 윤철욱의 표정도 심각하게 변했다.

"이해가 될 리 없죠. 미친놈들이 아닌 바에는 그런 짓을 할 리가 있겠습니까?"

"씨발, 이거 찜찜한데… 윤 실장, YK 쪽에 우리가 가지고 있는 정보 다 주고 그쪽 거도 최대한 받아내. 이 새끼들이 무슨 짓거리를 하는 건지 알아봐야겠다. 우리는 손해 볼 게 없겠지만 YK나 HDS는 지들이 직접 공연 준비를 하기 때문에 자칫 박살이 날 수도 있을 테니까 신경이 날카로워졌을 거다. 이건 우리끼리 싸울 일이 아니야. 우리는 전혀 몰랐다고 말해줘. 일본 놈들 때문에 벌어진 일이라는 걸 최대한 설명해 주고 협조를 받으란 말이야. 알겠어?"

*   *   *

미츠코는 한국의 아이돌 그룹이 합동으로 '오톰 페스티벌'을 연다는 소식을 접한 후 티켓팅이 시작되기를 학수고대했다.

그녀는 '도쿄간호대' 1학년이었는데 '허리케인'의 팬으로서 멤버들의 이름까지 전부 외우고 있었다.

'오톰 페스티벌'이 열린다는 걸 안 것은 벌써 한 달 전의 일이었다.

워낙 재팬엔터테인먼트 쪽에서 전 방위로 홍보를 했기 때문에 콘서트를 기다리는 팬들로 일본이 들썩거릴 정도였다.

설렘으로 시간이 더디게 흘러갔으나 시간은 끊임없이 흘러 티켓팅이 시작되기까지는 불과 10일밖에 남지 않았다.

반드시 갈 생각이었다.

일반석 티켓 비용이 2만 엔이 훌쩍 넘었지만 용돈을 아끼고 아껴서 준비해 놨으니 티켓팅에 성공만 하면 된다.

워낙 많은 사람이 동시에 몰릴 테니 밤을 샐 각오가 되어 있었다.

단순한 콘서트가 아니라 젊음의 추억을 만들 수 있는 절호의 기회였기 때문에 친구들과 철석같이 약속을 한 상태였다.

일본 가수들과 달리 한국의 아이돌은 엄청난 춤 솜씨와 가창력, 그리고 젊음이 펄떡펄떡 살아 숨쉬는 에너지를 가지고 있었다.

일본의 젊은이들이 한국의 아이돌에게 흠뻑 빠져 있는 건 그런 이유 때문이었다.

미츠코가 홍얼거리며 강의실로 들어가자 먼저 온 친구들이 삼삼오오 모여서 재잘거리고 있는 게 보였다.

아직 강의는 15분이나 남았기 때문인지 친구들은 곳곳에 모여 떠들고 있었는데 가장 친한 치하루가 손을 번쩍 들며 그녀를 부르는 게 보였다.

"공부 많이 했어?"

"미츠코, 지금 그게 문제가 아니야."

"지금 시험보다 더 중요한 게 뭐야. 전쟁 났어? 왜 그래?"

"아휴, 바보야. 전쟁보다 더한 일이 생겼다고!"

치하루의 고함에 미츠코가 눈을 껌벅였다.

전쟁보다 더한 일?

치하루의 얼굴이 잔뜩 붉어져 있는 걸 보니 무슨 일이 생기긴 생긴 모양이었다.

그랬기에 미츠코의 표정도 슬며시 굳어졌다.

"뭔데?"

"너, 강도영 좋아하지?"

"영 사마 얘기라고? 뭔데, 영 사마한테 무슨 일 있어?"

"그럴 줄 알았어. 그래서 인터넷 좀 보라고 그랬잖아. 아무리 내일부터 시험이라도 어쩜 그럴 수 있니?"

"궁금해 죽겠네. 빨리 말해줘."

"강도영이 콘서트를 한대, 도쿄에서."

"거짓말하지 마. 영 사마가 무슨 콘서트를 해. 너 어디 아픈 거 아냐?"

"이씨, 정말이라니까. 어젯밤부터 대대적으로 광고가 시작되었단 말이야."

"너 아니면 죽을 줄 알아."

미츠코가 자신의 핸드폰을 꺼내서 인터넷에 접속했다.

강도영에 관한 기사를 찾는 건 그리 어려운 일이 아니었다. 천지 사방에 강도영의 콘서트 소식이 포털 사이트를 도배하고 있었기 때문이다.

"우와……."

말이 나오지 않아 미츠코는 그저 입을 떡 벌린 채 기사와 치하루의 얼굴만 번갈아 쳐다봤다.

강도영, 현재 영 사마라 불리며 일본 국민들에게 우상이 된 남자였다.

그가 출연한 신비한 남자와 천년의 사랑은 텔레비전만 켜면 나왔고 광개토대제 또한 일본에서 1,200만의 관객을 동원할 정도로 흥행 대박을 터뜨렸다.

한국 영화로서는 기적에 가까운 흥행 신화를 썼는데 광개토대제의 성공은 강도영의 인기가 결정적인 원인으로 작용했다.

미츠코가 한국의 아이돌 그룹 '허리케인'의 광팬이었으나 강도영에 비하면 그들은 아무것도 아니었다.

그녀의 마음속에서 '허리케인'이 청량한 바람이라면 강도영은 폭풍과도 같은 존재였다.

미츠코가 기사를 모두 읽고 자신을 바라보자 치하루의 표정이 묘해졌다.

그녀는 미츠코와 함께 '오톰 페스티벌'에 같이 가기로 철석같이 약속했기 때문에 시험이 끝나면 티켓팅에 올인할 생각이었다.

"미츠코… 날짜가 같아, 시간도 그렇고. 어쩌면 좋지?"

"뭘 어쩌면 좋아. 무조건 가야지."

"어딜?"

"어디긴 어디야, 영 사마 콘서트지. 정말 이게 꿈인지 생시인지 모르겠어. 영 사마가 콘서트를 하다니, 그것도 도쿄에서. 그런데 이걸 어떻게 안 보니. 난 죽어도 갈 거야."

"오톰 페스티벌은 어쩌고?"

"영 사마가 콘서트를 한다는데 지금 그게 문제니!"

*   *   *

강도영은 콘서트 준비를 하면서 2개의 광고를 찍었다.

그의 광고 출연료는 시간이 지날수록 점점 올라가 30억을 훌쩍 넘은 지 오래였다.

일본에서 계획된 콘서트는 15일 앞으로 다가왔기 때문에 요즘은 매일같이 노래 연습에 매진하는 중이었다.

유전자 성형으로 얼굴이 바뀐 지 벌써 12년이란 세월이 지났다.

하루하루가 꿈만 같은 시간이었고 몸서리치도록 행복한 시간들이었다.

사랑하는 사람을 만났으며 일을 하는 동안 수많은 사람과 아름다운 인연을 맺었다.

예전의 못생겼던 그였다면 꿈조차 꿀 수 없는 일이었을 것이다.

기적과 같이 찾아온 행운을 놓치지 않기 위해 다른 사람들보다 더 열심히 노력했다.

자신이 스타가 된 가장 큰 이유는 외모가 변했다는 것도 있겠지만 최선을 다해 노력해 온 자신의 삶이 인정받았기 때문일 것이다.

앞으로도 그렇게 살 생각이었다.

스타로서의 오만과 횡포 대신 인간으로서의 겸손함과 성실함을 가지고 정성껏 하루하루를 살아갈 생각이었다.

오후 내내 연습실에서 콘서트 준비를 하다가 집으로 돌아오자 피곤함이 느껴졌다.

그리고 슬슬 열이 올라오기 시작했다.

아무도 없는 방.

10시가 조금 넘은 시간에 침대에 눕자 자신도 모르게 잠에 빠져들었다.

그러나 아침이 되자 일어날 수 없었다.

이불은 그가 흘린 땀으로 축축하게 젖어 있었고 온몸은 고열로 인해 벌벌 떨어댔다.

정신을 차리지 못했다.

누군가에게 도움을 청하고 싶었으나 힘이 하나도 없어 전화기를 들기 어려웠다.

띠리링… 띠리링…….

전화벨이 끊임없이 울리는 게 느껴졌지만 마치 포승줄에 포박된 것처럼 아무것도 할 수 없었다.

얼마나 시간이 지났을까.

먼 곳에서 현관문이 열리는 소리가 들렸다.

"도영아, 나다. 집에 없어!"

현탁이다. 현탁이…….

집에서 아무런 소리가 들리지 않자 서현탁은 신발을 벗고 들어와 거실을 살핀 후 곧바로 침실로 향했다.

오늘은 강도영과 함께 사무실에 가는 날이었으나 어쩐 일인지 아침부터 계속 강도영이 전화를 받지 않아 직접 올 수밖에 없었다.

침실의 문을 열자 후끈한 열기가 몰려 나왔다.

그리고 침대에 널브러진 채 정신을 못 차리고 있는 강도영의 모습이 눈으로 들어왔다.

　"도영아!"

　급하게 뛰어들어 강도영의 몸을 만지자 불덩이처럼 뜨거움이 느껴져 왔다.

　흔들어봤으나 강도영은 정신을 차리지 못했다.

　무작정 업고 미친놈처럼 뛰기 시작했다.

　친구가 아프다, 그것도 정신을 차리지 못할 정도로……

　이게 무슨 일일까, 이게.

　놈의 상태는 그 옛날 목이 아플 때처럼 온몸이 불덩어리로 변해 있었는데 그때와는 뭔가 미묘한 차이가 있는 것 같았다.

　　　　*　　　　　*　　　　　*

　서현탁은 강도영을 차에 싣고 무조건 이병웅 박사를 향해 달려갔다.

　그는 오랫동안 강도영을 관리해 온 사람이었으니 서현탁의 머릿속에는 오직 이병웅 박사만 떠올랐다.

　강도영을 업은 채 병원 문을 박차고 들어가자 접수대에 앉아 있던 간호사가 놀란 눈으로 바라봤다.

　"이 박사님, 어디 계세요?"

"지금 진찰 중이신데 왜 그러세요?"

"빨리, 빨리. 급합니다."

서현탁이 강도영을 업은 채 무작정 응급실로 향했다.

과거 여러 번 강도영과 함께 병원에 왔었기 때문에 병원 구조에 대해서는 빠삭했다.

사람들의 눈을 피해야 했다.

자신의 등에 업혀 있는 사람이 강도영이란 걸 사람들이 알게 되면 당장 일개 중대에 해당하는 기자들이 몰려들 게 분명했다.

서현탁이 강도영을 침대에 눕히고 급히 커튼을 쳐서 가리자 얼마 지나지 않아 이병웅 박사가 부랴부랴 들어오는 게 보였다.

"무슨 일입니까?

"도영이가 열이 펄펄 끓어요. 박사님, 얼른 봐주십시오."

"언제부터 이랬죠?"

"어제까지는 괜찮았습니다. 제 생각에는 밤부터 그런 것 같습니다."

"잠깐, 내가 보죠."

이병웅 박사가 서현탁을 제치고 강도영의 옷을 풀어헤친 후 가슴에다 손을 가져다 댔다.

그런 후 간호사에게 체온계를 받은 후 체온을 재기 시작했다.

39도.

강도영의 체온은 심한 감기 환자와 비슷한 정도였다.

"도영 씨 말할 수 있겠어요?"

"예… 박사님."

옷을 풀어헤치고 얼음찜질로 체온을 내렸기 때문인지 그동안 눈을 감고 있던 강도영이 눈을 뜨면서 천천히 대답을 했다.

그는 서현탁의 등에 업혀 병원에 왔다는 것을 알고 있는 것 같았다.

"목이 아파요?"

"아뇨, 목은 전혀 아프지 않아요."

"일어설 수 있겠어요?"

"예."

이병웅이 묻자 강도영이 힘겹게 고개를 쳐들었다.

아직 힘에 부쳤는지 서현탁이 부축을 해서야 간신히 상체를 일으켜 세웠다.

"먼저 목부터 봅시다. 입을 벌려보세요."

지시를 내린 후 강도영이 입을 벌리자 이병웅 박사가 진찰용 플래시로 목을 관찰했다.

오래 걸리지 않았다.

강도영의 목 상태는 과거와 같은 용종이 전혀 보이지 않았기 때문이다.

"지금 상태가 어떤가요. 혹시 몸이 으슬으슬 떨리고 목이 마르거나 기침이 나오나요?"

"기침은 없는데 목은 마르네요. 열 때문인지 몸이 떨립니다."

"음… 즘 감기가 유행이에요. 아무래도 몸살에 걸린 것 같군요. 현탁 씨… 내가 수액 주사를 놓아줄 테니까 도영 씨를 데리고 일단 입원실로 올라갑시다. 여긴 사람 보는 눈이 많으니까요."

"알겠습니다."

서현탁은 수액 주사를 팔에 꽂고 잠에 빠져든 강도영을 바라보며 한숨을 길게 내리쉬었다.

다행이다.

종양이 다시 재발되었을지 모른다는 불안감에 병원으로 오는 동안 얼마나 불안했는지 모른다.

이제 불행하지도 아프지도 마라, 도영아.

그 모진 시련을 이겨내고 슈퍼스타로 성장했으니 이젠 정말 행복하게만 살아라.

제발…….

문이 와장창 열리며 이승환과 윤철욱이 뛰어 들어왔다.

그들의 얼굴은 사색으로 변해 있었는데 갑작스러운 강도영의 입원 소식에 어지간히 놀란 모양이었다.

"어떻게 된 거냐?"

"감기 몸살이랍니다. 의사 말로는 며칠 쉬면 괜찮아질 거라네요."

"어이구… 다행이다."

서현탁의 대답에 이승환과 윤철욱이 동시에 안도의 한숨을 내리쉬었다.

당연히 강도영의 건강이 먼저였지만 일본 공연을 눈앞에 두고 있었으니 입원했다는 소식을 들었을 때 눈앞이 깜깜해졌다.

만약 강도영이 큰 병에 걸려서 공연을 하지 못하게 된다면 막대한 위약금을 물어내야 하기 때문이다.

물론 예외 조항을 두었기 때문에 정상적인 계약 위반과는 근본적으로 다른 경우였으나 그럼에도 JR 측이 입은 손해는 변상하도록 되어 있었다.

"자는 거냐?"

"예, 금방 잠이 들었습니다. 그래도 아침보다는 훨씬 좋아졌어요. 체온을 내려서 그런지 정신도 돌아왔고요. 아까는 정말 큰일 나는 줄 알았습니다……."

"그래, 네가 고생했다."

서현탁에게 자세한 내막을 들으며 이승환과 윤철욱이 병실을 지켰다.

그러는 사이 강성두와 정영숙이 달려왔고 신은서도 얼마 지나지 않아 병실 문을 박차며 나타났다.

그들은 강도영이 아팠던 전력을 알고 있었기 때문에 병실로 들어왔을 때 얼굴이 노랗게 질려 있었다.

똑같은 내용을 서현탁이 설명하자 그들 역시 안도의 한숨을 내쉬었다.

단순한 감기라면 걱정할 일이 아니었다.

그러나 강도영을 병원으로 데려온 서현탁도 그를 진찰한 이병웅도, 가족들과 나머지 사람들도 모르는 게 있었다.

강도영의 몸은 줄기세포(Stem Cell)에 변이가 발생하여 과도한 분열이 일어나고 있었다.

찐득찐득하고 치녕석이며 산인한 악마가 그의 피를 갉아먹기 시작했던 것이다.

*   *   *

티켓팅이 하루 앞으로 다가오자 미츠코와 치하루는 전의를 불태웠다.

강도영의 콘서트는 내일 아침 6시를 기점으로 티켓팅이 시작되기 때문에 새벽부터 일찍 일어나 만반의 준비를 해야 했다.

같은 과 친구들 역시 난리가 아니었다.

친구들은 강도영 콘서트와 오톰 페스티벌 양쪽으로 편이 갈라졌는데 압도적으로 강도영 쪽의 인원수가 많았다.

생각 같아서는 양쪽 모두 티켓팅을 하고 싶었으나 미친 기획사 놈들이 동일 시간에 티켓 판매를 시작했기 때문에 그건 불가능한 일이었다.

치하루가 다가온 것은 수업이 모두 끝나고 친구들이 서둘러 자리에서 일어날 때였다.

"미츠코, 같이 갈래?"

"어딜?"

"집에. 어차피 오늘 잠자기는 글렀잖아. 같이 밤새는 게 어때?"

"우리 집은 인터넷 망이 하나밖에 없어. 그러면 혼자밖에 할 수 없단 말이야, 이 아가씨야."

"호호… 바보. 난 핸드폰으로 하면 돼."

"아하, 그런 방법이 있었구나."

미츠코가 자신의 머리를 살짝 때리며 귀엽게 아둔함을 탓하자 치하루가 깔깔 웃었다.

"그리고 난 10명한테 부탁해 놨어. 티켓만 구하면 일주일 동안 밥 사준다고 했다."

"누구한테?"

"내 동생하고 사촌들, 그리고 콘서트에 안 가는 친구들한테 전부 말해놨지. 한 번만 살려달라고 통 사정했어."

"호호… 잘했다. 나도 그랬는데."

"결전 전야라서 그런지 잔뜩 긴장되네. 꼭 볼 수 있어야 될 텐데 걱정이야."

"응, 쉽지는 않겠지만 최선을 다해야지. 우리 인생에서 이런 기회는 다시 안 올지 모르니까 끝까지 최선을 다하자."

미츠코가 자신의 손을 들어 하늘로 치켜 올렸다.

그러자 치하루가 똑같이 손을 들어 미츠코의 손을 향해 마주쳐 갔다.

젊음이 좋다.

비록 엄청난 사람들이 강도영의 콘서트를 보기 위해 갖가지 방법을 동원하고 있었으나 그녀들은 희망을 잃지 않고 최선을 다할 생각이었다.

일부 언론과 우익주의자들이 한국의 저급한 문화가 일본의 정신을 훼손한다며 한류에 대해 극렬한 반대를 하고 있었지만 전혀 상관하지 않았다.

국가 간의 감정으로 인해 문화와 예술을 배격한다는 것은 말이 안 되는 일이라 생각했기 때문이다.

*   *   *

강도영은 병원에서 하루만 묵은 후 본가로 퇴원해서 몸을 돌봤다.

그가 병원에 입원했다는 사실이 알려지면 대한민국 전체가 들썩일 것이기 때문에 최대한 빨리 병원에서 벗어날 필요가 있었다.

몸은 빠르게 정상으로 돌아와서 3일이 지나자 언제 아팠냐는 듯 활기가 넘쳤다.

시간이 흐르면서 일본 전역은 동시에 공연되는 한국 슈퍼스타들의 콘서트로 인해 몸살을 앓았다.

대한민국은 물론이고 아시아의 언론들은 공연이 눈앞으로 다가오자 취재 기자들이 구름처럼 일본으로 몰려들었는데 그 숫자가 삼백 명이 넘었다.

드디어 출국일.

강도영은 콘서트 이틀 전에 일본으로 넘어가는 것으로 계획되어 있었다.

마련된 무대에서 최종 리허설을 준비해야 했고 팬들을 위한 이벤트를 마련하기 위함이었다.

페이스에서 새로 배정해 준 베테랑 로드 매니저 한석준과 서현탁, 서은경이 아침 일찍부터 집으로 와서 그의 출발 준비를 도왔고 신은서까지 스케줄을 미룬 채 달려왔다.

그녀는 10일 동안 떨어져야 하는 연인을 직접 배웅하고 싶었던 모양이었다.

"어머, 짐이 이게 다야?"

"무대 의상과 코디 의상은 벌써 일본에 가 있어. 이건 내가 필요한 것들만 싼 거라서 얼마 안 돼."

"그래도 그렇지. 10일이나 있을 건데 달랑 가방 하나만 가져가는 게 어디 있어. 히힛… 나는 속옷만 넣어도 가방이 하나 가득 차던데."

"난 남자잖아."

"그런가?"

신은서가 고개를 갸우뚱댔다.

하긴, 남자들은 여행할 때 이상할 정도로 짐이 적었는데 생활과 관념에서 여자들과 많은 차이가 있기 때문인 것 같았다.

서현탁이 불쑥 나선 것은 매니저 한석준과 서은경이 가방을 들고 먼저 현관문을 나섰을 때였다.

"자리 비켜줄까?"

"왜?"

"공항에서는 뽀뽀도 못 할 거 아니냐. 배웅 뽀뽀 여기서 해. 자리 비켜줄 테니까."

"어이구, 이 엉큼한 놈아. 넌 어째 생각하는 게 전부 19금이냐?"

"이 자식아, 이걸 보고 배려라고 하는 거다. 안 그래요, 은서 씨?"

"호호, 그럼요. 당연히 배려죠. 이왕 말이 나왔으니까 먼저 나가세요. 나는 도영 씨와 진하게 배웅 뽀뽀 하고 내려갈게요."

"역시 얌전한 고양이가 부뚜막에 먼저 올라가. 암, 당연하지. 그렇고말고. 자, 그럼 먼저 내려갑니다요. 대신, 도영이 노래해야 되니까 입술 부르트게 만들지 마세용."

서현탁이 온몸을 비비 꼬며 현관문을 나서는 걸 보면서 강도영과 신은서가 어이없다는 웃음을 흘렸다.

그럼에도 멍석을 깔아줬으니 할 일을 했다.

강도영이 다가와 살짝 안자 신은서가 하얀 이를 드러내며 활짝 웃었다.

"정말 하려고?"

"그럼 해야지. 10일 동안 못 볼 테니까 은서 씨 달콤한 입술을 머릿속에 꼭 담아서 갈 거야."

강도영이 말을 끝내고 입술을 향해 다가가자 신은서가 살포시 눈을 감았다.

임의 뜨거운 입술이 그녀의 정신을 황홀하게 만들었다.

오랜 시간을 떨어지는 게 아니었음에도 허전하고 슬픈 생각이 들어오는 내내 마음이 아팠다.

강도영은 그녀의 전부였고 자신을 진정한 여자로 만들어준 세상에 하나밖에 없는 남자였다.

                    *   *   *

　인천공항에 강도영이 신은서와 나란히 나타나자 공항 로비
는 금방 아수라장으로 변하고 말았다.

　수많은 기자가 대기하고 있다가 카메라 플래시를 터뜨렸고
공항을 이용하기 위해 와 있던 관광객들과 강도영의 팬들이
한꺼번에 몰리면서 인산인해를 이루었다.

　정말 대단한 인파다.

　숫자를 다 헤아리지 못할 정도로 많은 인파가 몰렸는데 강
도영이 서 있는 반경 100m가 사람들로 꽉 들어찼다.

　"강도영 씨, 이번 일본 공연에 대해서 한 말씀 해주시죠."

　"이번 일본 공연은 가수로서 제 첫 콘서트입니다. 먼저 국
내 공연을 먼저하는 게 도리라고 생각했으나 일본 공연이 워
낙 급작스럽게 정해진 계획이라 그러지 못한 것에 대해서 죄
송스럽습니다. 하지만 일본 공연 또한 의의가 있다고 생각합
니다. 저의 작은 힘이 한류를 널리 알릴 수 있는 기회가 되기
를 진심으로 바랍니다."

　"3번의 공연이 있는 것으로 계획되었고 2번의 텔레비전 방
송 출연이 잡혀 있습니다. 강도영 씨는 방송 출연을 극히 싫어
하셨는데 일본 방송에 출연하는 이유는 뭡니까?"

"계약 조건에 포함되어 있어서 어쩔 수 없었습니다."

"거절할 수도 있었을 텐데요?"

"그건 회사 쪽에서 따로 설명드리도록 하겠습니다."

"신은서 씨와 같이 오셨는데 혹시 결혼 일정은 잡혔습니까?"

"그것도 나중에 별도로 알려 드리겠습니다."

수많은 기자가 동시다발적으로 질문을 던졌기 때문에 강도영은 거의 30분 가까이 로비에 발이 묶였다.

그러나 비행시간이 다가오자 페이스에서 준비한 경호원들이 기자들을 가로막고 길을 텄기 때문에 출국 수속을 무사히 마치고 비행기에 오를 수 있었다.

힘들지는 않았다.

엄청난 인파에 시달렸으나 자신이 그만큼 관심을 받는다는 것이고 사랑받는 뜻이었으니 감사하게 생각할 뿐이었다.

"은서 씨, 잘 갔다 올게."

"무사히 돌아와. 기다리고 있을게."

강도영의 인사에 신은서가 손을 들어 배웅을 했다.

그녀의 눈이 어쩐지 슬퍼 보인 건 착각이었을까.

도쿄까지의 비행시간은 그리 길지 않았지만 강도영에게는 더없이 길었다.

이승환과 윤철욱이 번갈아 다가와 일본 공항에서의 주의사항에 대해 끝없이 잔소리를 해댔기 때문이다.

무슨 뜻인지 안다.

일본은 지금 그로 인해 난리가 난 상태였다.

이승환에게 들은 바로는 콘서트 티켓팅이 불과 1시간 만에 완전히 매진되었다는 것이었고 지금 도쿄공항에는 엄청난 인파가 그를 기다리고 있기 때문에 조심할 필요가 있었다.

비행기가 착륙하고 입국 수속을 마쳤을 때 사람들의 함성 소리가 들리기 시작했다.

이승환과 윤철욱이 앞장섰고 강도영의 옆으로 서현탁과 한석준이 나란히 서서 게이트로 다가갔다.

문이 열리며 강도영이 모습을 드러내자 카메라 플래시가 미친 듯이 터지기 시작했다.

끝이 보이지 않는 인파.

도쿄공항의 거대한 로비가 사람들로 꽉 차 있었는데 끝이 보이지 않을 지경이었다.

JR 측에서 준비한 경호원들의 뒤를 따라 공식 인터뷰장으로 가는 내내 '영 사마'를 외치는 사람들의 고함 소리가 귀를 먹먹하게 만들었다.

손을 들어 사람들을 향해 고맙다는 인사를 했다.

국적은 달랐으나 자신을 사랑해 주는 사람들에게 진심에서 우러난 웃음을 보냈다.

계란 세례가 폭탄처럼 강도영의 몸으로 날아온 것은 공항 로비의 중간을 가로지를 때였다.

퍽, 퍽, 퍽…….

경호원들이 막았고 이승환과 윤철욱이 날아오는 계란을 향해 두 팔을 흔들며 방어했으나 거의 10개의 계란이 강도영의 몸에 맞아 터졌다.

"조센징은 조선으로 돌아가라. 우리는 네가 필요 없다!"

"더러운 냄새 나는 조센징, 마늘과 김치 먹는 하급 동물. 꺼져!"

계란 투척과 동시다발적으로 터진 함성.

우측에 몰려 있는 백여 명의 일본인은 피켓을 치켜든 채 함성을 지르며 계속해서 계란을 꺼내 들고 있었다.

*   *   *

대형 텔레비전 앞에 앉아 있는 남자들은 모두 정장 차림이었다.

그들은 마치 영화를 보는 것처럼 텔레비전을 정면에 두고 앉아 있었는데 표정에 아무런 변화가 없었다.

"정말 대단한 인파가 몰렸군요."

"그렇소. 이것이 바로 일본의 현실이오."

왼쪽 편에 앉아 있던 NHT의 총괄본부장 스기아라가 화면에서 흘러나오는 뉴스를 보면서 입을 열자 중앙에서 묵묵히 지켜보던 자민당의 중진의원 나까야마의 입에서 더없이 무거운 음성이 흘러나왔다.

그는 일본의 대표적 우익 단체 '신선조'의 총재이기도 했다.

뉴스에서는 강도영과 YK, HDS 소속의 아이돌 그룹들이 도쿄공항에 도착하는 모습을 비추고 있었는데 수많은 일본 팬이 함성을 지르며 그들을 반기고 있었다.

한마디로 미쳤다.

일본의 고귀한 정신을 팽개치고 냄새나는 조센징에게 환호하는 젊은 놈들의 행태가 그를 분노에 사로잡히도록 만들었다.

위대한 일본을 만들기 위해 피땀을 흘린 선조들의 노력이 물거품으로 변하는 것 같아 그는 화면을 쏘아보며 울분을 겨우 참아냈다.

입국 소식이 한동안 이어지다가 화면이 바뀌며 강도영의 온몸에 맞아 계란이 터지는 장면이 나왔다.

일단의 무리들이 강도영을 향해 수류탄처럼 계란을 던졌는데 강도영 일행이 미처 계란을 피하지 못하고 얻어맞는 화면이었다.

기자가 떠드는 내용은 간단했다.

한류에 열광하는 사람들도 있지만 이토록 격렬하게 반대하는 사람도 많다는 것이었다.

강도영과 한국의 아이돌 그룹이 일본인들에 의해 테러당한 것에 대한 반성이나 부끄러움 같은 것은 전혀 담겨 있지 않은 멘트였다.

"저건 빼는 게 좋을 뻔했구만?"

"어차피 이번 기회에 한류를 뿌리 뽑을 생각이니 그냥 두는 것도 괜찮다고 생각했습니다. 원래 물고기를 잡을 때는 떡밥을 충분히 던져줘야 하는 법이지요."

오른쪽에 앉아 있던 문부과학성의 대신정무관 이토가 나까야마의 질문에 대답하며 비릿한 웃음을 흘려냈다.

이토는 예술과 과학을 담당하는 문부과학성의 실질적 총책임자였으나 나까야마에게는 공손한 태도를 잃지 않았다.

나까야마는 차기 총리에 이름이 오르내리는 거물이었기 때문이다.

일리가 있는 말이기에 나까야마는 조용하게 고개를 끄덕였다.

하지만 모든 것을 수긍한 건 아니었던 모양이었다.

"이제 저놈들의 공연이 3일 앞으로 다가왔소. 최대한 언론을 동원해서 한류에 대한 부정적인 기사들을 쏟아부어야 하오. 일본 젊은이들의 썩어빠진 사상부터 한국의 음악이 얼마나 형편없는지, 한류로 인해 일본 경제가 얼마나 타격을 입는 가에 대해 집중적으로 조명하시오."

"알겠습니다. 바로 조치하도록 하겠습니다."

"저놈들은 텔레비전에 언제 출연하는 것으로 되어 있습니까?"

"일주일 후로 계획되어 있습니다."

"올가미는 완벽하겠지?"

"빠져나오기 힘들 겁니다. 설혹 빠져나온다 해도 괜찮습니다. 우리 목적은 한류를 주저앉히는 게 목적이니까요."

*   *   *

양지가 있으면 음지가 있는 법이라고는 하지만 공항에서 당한 더러운 기분은 쉽게 가라앉지 않았다.

한류가 일본을 휩쓸고 있으나 극우주의자들을 중심으로 한류를 반대하며 혐한 데모가 수시로 일어난다는 소식도 간간이 들은 적이 있다.

그럼에도 이렇게 공항에서부터 테러가 발생하리라고는 상상조차 하지 못했다.

공항은 국가의 얼굴이기 때문에 다른 어느 곳보다 보안이 철저해서 데모나 테러가 발생하는 경우가 거의 없기 때문이었다.

더군다나 공항 경비대가 나타난 것은 한참이 지난 후였다.

어쩐 일인지 공항 경비대는 강도영이 계란 세례를 고스란히 맞은 후에 나타나 데모 대열을 해산시켰는데 연행한 자들은 한 명도 없었다.

더욱 철저한 보안이 필요하다고 판단한 이승환은 JR 측에 요청해서 경호원의 숫자를 두 배로 늘렸다.

이래서는 안 된다.

만약 강도영이 일본 우익들에게 다치는 테러가 발생한다면 한일 양국 관계는 악화가 될 것이고 일본을 휩쓸고 있는 한류에도 엄청난 타격을 주게 될 것이다.

*   *   *

"이 씨발 놈들이 이상한데?"

"뭐라고 쓴 겁니까?"

이승환이 일본 신문을 보면서 고개를 갸우뚱대자 윤철욱이 답답하다는 표정으로 물었다.

이승환은 일본어에 능통했기 때문에 자유롭게 신문을 읽을 수 있었지만 그는 아니었다.

"한류에 대해서 부정적인 내용이 담겨져 있어. 대한민국의 문화와 예술이 여과 없이 들어오면서 일본의 정신이 훼손된다는구만."

"미친놈들, 지랄하네. 문화와 예술이 전 세계를 통해 하나로 묶여지고 있는 마당에 한류가 일본 정신을 훼손시키다니요. 그게 말이 되는 소립니까?"

"어제는 일본의 문화 경제가 한류 때문에 타격을 받는다고 하더니 이제는 일본 정신이 훼손된다는 억지 논리를 펼치고 있어. 이거 아무래도 찝찝해. 하필 도영이 콘서트와 '오톰 페스티벌'을 앞두고 이런 기사들이 쏟아지냔 말이야."

"워낙 뜨거운 관심을 받고 있기 때문이겠죠. 그동안 일본 언론은 아시아 최고 스타인 도영이의 콘서트가 일본에서 벌어지는 것 때문에 난리를 피웠잖습니까. 제가 알기로 티켓팅 때문에 전쟁을 치르면서 사회 이슈로까지 번졌다고 하더군요. 일본 젊은이들의 열기가 너무 뜨거워서 사회문제로 번졌다고 들었습니다."

"일본 우익들이 문제야. 그놈들은 한류라면 이를 갈거든."

"도영이 괜찮겠죠?"

"괜찮아야지. 이제 일주일만 버티면 돼. 일본 놈들이 지랄하든 말든 우리는 콘서트만 끝나면 즉시 이곳을 뜬다."

*   *   *

강도영은 콘서트가 벌어지는 도쿄돔에 들어선 후 마음을 차분하게 가라앉혔다.

일부 극우주의자들이 계란을 던지는 테러를 감행했지만 수많은 일본 팬이 그를 보기 위해 아침부터 줄은 선 걸 보면서 그들을 위해 최선을 다하겠다는 다짐을 했다.

역대 최고의 인원.

완전 매진된 도쿄돔의 입장 관객은 무려 63,000명에 달했는데 빈 곳을 찾아보기 어려울 정도였다.

오늘 부를 곡은 복면가왕에서 그가 불렀던 노래들로 모두 합해 12곡이었다.

그중 반은 일본어로 번역해서 부른다.

일본에서 공연하는 만큼 일본 관객들을 고려해 달라는 JR 측의 요청을 받아들였던 것이다.

지금도 공부하고 있었지만 일본어로 노래를 부른다는 건 쉽지 않은 일이었다.

편곡이 한국 가사에 맞춰 구성되어 있었기 때문에 일본어에 맞춰 새로 준비가 필요했고 감정을 잡기도 쉽지 않았다.

그럼에도 강도영은 최선을 다해서 준비했다.

어차피 결정된 일이었으니 비록 일본인이었지만 자신의 노래를 듣기 위해 공연장에 찾아온 사람들에게 멋진 무대를 선

물해 주고 싶었다.

"우와, 정말 개미 떼 같네. 소름 끼친다."

"많긴 많구나."

서현탁이 운동장에 마련된 의자와 스탠드를 빽빽이 메꾼 채 공연이 시작되기를 기다리는 관객들을 보면서 입을 열자 강도영이 고개를 끄덕였다.

정말 많다.

서현탁의 표현대로 개미 떼처럼 보였는데 관객들의 손에는 공연할 때 쉽게 볼 수 있는 손전등과 피켓들이 들려 있었다.

"떨리지 않냐?"

"왜 안 떨리겠어. 이렇게 많은 관중 앞에서 노래 부를 생각을 하니까 벌써부터 오금이 저려온다."

"괜찮아, 조금 실수해도 이해해 줄 거야. 이곳에 모인 사람들은 전부 너를 사랑하는 사람들이야. 그러니까 마음 푹 놓고 그냥 즐겨."

"크크크… 이놈이 쉽게 말하네. 네가 해볼래?"

"나는 하고 싶어도 못해. 내가 나가서 노래 부르면 저 사람들이 전부 날 죽이려고 덤벼들걸?"

서현탁이 너스레를 떨어주자 긴장되었던 마음이 점차 가라앉았다.

이놈은 이렇게 편하다.

언제 어디서든 이놈과 같이 있으면 어떠한 어려움도 이겨낼 수 있을 것 같았다.

둘이서 낄낄거리고 대화를 나누고 있을 때 문이 열리며 이승환과 윤철욱이 나타났다.

그들은 JR 측과 어제부터 공연에 관한 것들에 대해서 소소한 것까지 협의를 해왔는데 일본 일정이 다 끝날 때까지 체류할 계획이었다.

"도영아, 공연 시작한단다. 준비해."

"알았습니다."

"금방 스태프가 오면 나가야 하니까 물 좀 마셔. 어디 보자, 역시 멋있어. 이러니까 일본 애들이 껌벅 넘어가지."

서은경이 마지막 손질하는 걸 보면서 이승환이 엄지를 치켜 올렸다.

그가 첫 무대에서 입고 나가는 옷은 복면가왕에서 몬테크리스토 백작으로 분장했을 때 입었던 검은 가죽 코트였다.

공연 스태프의 신호에 의해 대기실에서 일어나 무대 쪽으로 걸어가자 한꺼번에 20여 명이 그를 둘러싸고 이동했다.

공항에서 그런 일을 당한 후 페이스 쪽은 물론이고 JR 측에서도 엄청난 신경을 쓰고 있었는데 총알이 날아와도 끄떡없을 정도로 완벽한 경호였다.

무대에서는 일본 사회자가 관객들을 대상으로 오프닝 멘트를 하고 있는 중이었다.

첫 곡은 화려한 춤이 동반되는 곡 '마스카라'다.

최대한 흥겹게 공연을 시작하기 위해 특별히 일본어로 준비한 곡이었다.

마침내 일본 사회자가 강도영을 소개하자 관객들의 함성이 우레처럼 터졌다.

강도영이 고개를 좌우로 꺾은 후 무대로 나가는 원형 틀에 서자 서현탁이 잘하라는 듯 양손을 번쩍 들었다.

JR 측이 준비한 이벤트는 강도영이 무대의 중간에서 솟아나듯 출연하는 것이었다.

화려한 폭죽이 사방에서 터지며 강도영이 무대 위로 나타나자 관객석에서 함성과 함께 엄청난 불빛들이 터져 나왔다.

강도영의 모습을 자신들의 휴대폰에 저장하기 위해 일시에 관객들이 카메라 플래시를 터뜨렸던 것이다.

"여러분 안녕하세요, 강도영입니다. 공연에 와주신 여러분께 진심으로 감사 인사 드립니다. 오늘 이 시간 여러분께 잊지 못할 추억이 될 수 있도록 최선을 다하겠습니다. 즐길 준비 되셨나요?"

"예!"

"그럼 가겠습니다."

미쳤다.

63,000명의 관객이 강도영의 춤과 노래에 매료되어 비명을 지르는 모습은 광신교의 신자들과 다를 바가 없었다.

2시간의 공연 동안 일본 관객들은 강도영의 마력에 취해 울고 웃기를 반복했다.

단순한 아이돌의 공연과는 근본적으로 다른 공연이었다.

아이돌의 공연은 화려한 퍼포먼스를 통해 관객들을 즐겁게 만들었으나 강도영의 노래에 담긴 감성은 국경을 초월한 감동으로 관객들로 하여금 뜨거운 눈물을 흘리도록 만들었다.

영원히 잊을 수 없는 추억.

강도영의 공연에는 그들에게 아름다운 추억을 심어주기에 충분한 감동이 담겨 있었다.

＊   ＊   ＊

JR의 사장 사사끼는 기획이사로부터 공연 결과를 보고 받으며 통쾌한 웃음을 터뜨렸다.

일본 3대 도시에서 이틀 간격으로 벌어진 강도영의 공연이 그냥 성공이 아니라 대박을 터뜨렸기 때문이다.

총관객 숫자가 15만 명이었고 공연으로 벌어들인 돈은 45억 엔에 달했으니 대박도 이런 대박이 없었다.

그러나 그가 가장 통쾌하게 웃을 수 있었던 건 '오톰 페스티벌'을 완벽하게 무너뜨렸기 때문이다.

한국의 최대 기획사 YK와 HDS의 주력 가수들이 총출동하다시피 했으나 '오톰 페스티벌'은 불과 85,000명의 관객을 동원했을 뿐이었다.

"우리 순수익은 얼마지?"

"정확한 건 계산해 봐야겠지만 최소 15억 엔은 넘을 것 같습니다. 역대 최고의 이익입니다."

"강도영, 정말 대단한 놈이야. 도대체 한국은 그런 놈을 어떻게 얻었을까. 정말 부럽군."

"우리한테 그런 놈이 하나만 있었다면 엄청난 돈을 벌어들일 수 있었을 겁니다. 인터넷에서는 지금 난리가 아닙니다. 놈의 공연을 보고 간 사람들이 전부 환상적이었다는 표현을 쓰면서 글을 올리고 있어요."

"나라도 그랬겠다. 그놈은 스타로서 타고난 놈이야."

"페이스 쪽과 다시 접촉해 보겠습니다. 상품성이 확실하게 보장되었으니 매년 한 번씩 공연을 추진해 보겠습니다."

"그러고 싶지만 쉽지 않을 거다."

"쉽지 않다니요. 그게 무슨 말씀이십니까?"

"그런 게 있어. 강도영이 내일 텔레비전에 출연하지?"

"예, 내일하고 모레 이틀간 출연합니다. 사장님 말씀대로 NHT 쪽 관계자와 연결시켜 주었습니다."

"그럼 이제 우리는 손 떼. 더 이상 관여하지 말란 말이야."

"강도영은 우리와 계약하고 일본으로 왔습니다. 끝까지 우리가 책임져야 되지 않겠습니까?"

"그럴 필요 없으니까 내 말대로 해. 더 이상 강도영 일에 우리는 참견하지 않는다."

*   *   *

계약에 의해 출연하기로 했던 NHT 텔레비전 첫 방송은 무리 없이 녹화를 끝냈다.

'뮤직스테이션'은 인기 가수들이 나와 공개홀에서 노래하는 프로그램으로 주말에 방송되어 인기가 높았다.

강도영은 NHT 관계자의 안내를 받아 편하게 녹화를 마칠 수 있었다.

JR 관계자가 나타나지 않는 게 이상했으나 경호원들이 계속 따라붙었고 워낙 NHT 관계자가 친절했기 때문에 촬영을 하면서 아무런 불편을 느끼지 못했다.

공개로 진행된 녹화에서도 강도영의 인기는 폭발적이었다.

녹화장을 찾은 관객들은 강도영이 노래를 할 때마다 비명과 눈물을 흘려댔는데 모든 노래가 끝났을 때 방청석은 폭탄을 맞은 것처럼 엉망으로 변해 있었다.

끝없이 쏟아지는 앙코르.

관객들은 노래를 더 듣기 위해 무대 뒤로 사라진 강도영의 이름을 연호해서 녹화가 진행되기 어렵게 만들었다.

팬들의 성원을 들으며 강도영이 앙코르 송을 부르겠다는 의사를 나타냈으나 NHT 측은 단호하게 안 된다는 입장을 고수했다.

이해가 되지 않았다.

열화와 같은 관객의 요청을 단칼에 거절하는 이유가 도대체 뭘까?

어쩔 수 없이 돌아 나왔다.

가수가 앙코르에 응답하겠다는 의사를 보냈으나 오히려 방송사에서 거절했으니 더 이상 고집을 부릴 명분이 없었다.

이승환은 초긴장 상태에서 녹화 장면을 지켜보다가 촬영이 끝나고 강도영이 무대를 내려오자 한숨을 길게 흘려냈다.

일본 언론의 흐름이 이상했기 때문에 녹화 과정에서 문제가 생길지 모른다는 불안감을 가지고 있었는데 촬영이 무사하게 끝나자 저절로 안도의 한숨이 흘러나왔다.

"도영아, 수고했어."

"수고는요. 노래했더니 배고프네요. 긴자 쪽에 맛있는 음식들이 많다고 하는데 우리 저녁은 그쪽에서 먹어요."

"안 돼, 오늘은 그냥 호텔에서 먹자."

"그동안 계속 호텔에서 밥을 먹었더니 조금 질리네요. 일본까지 왔는데 유명한 스시 정도는 먹어줘야죠. 안 그러냐, 현탁아?"

"오늘은 안 된다. 정 먹고 싶으면 내가 나가서 사 올게."

"우와, 이 자식아. 너까지 이럴래? 정말 감옥이 따로 없다. 감옥이 따로 없어!"

서현탁이 말리자 강도영이 졌다는 듯 두 팔을 번쩍 들었다.

일본은 세계에서 치안이 가장 좋은 나라 중의 하나였으나 이승환을 비롯해서 동행한 모든 사람이 반대를 했다.

그들 역시 지금 일본 언론들이 내보내는 기사가 상당히 자극적이고 비판적이란 걸 알고 있기 때문이었다.

더군다나 방송국 주변에는 백여 명의 기자가 포진한 상태였고 셀 수 없이 많은 팬이 강도영을 기다리고 있었다.

만약 그가 저녁을 먹기 위해 긴자로 향한다면 당장 긴자 일대는 아수라장으로 변할 것이다.

물론 호텔도 마찬가지였으나 그가 묵고 있는 동경호텔은 철저한 치안으로 강도영을 보호했기 때문에 일본에서는 유일하게 편히 쉴 수 있는 장소였다.

이승환의 입이 열린 것은 강도영의 얼굴에서 힘들다는 표정을 읽었기 때문이다.

"도영아, 이제 내일만 버티면 된다. 그러니까 조금만 참아."

          ＊   ＊   ＊

마지막 일본 일정은 NHT의 예능 프로그램 '스타와 함께'에
출연하는 것이었다.

이승환이 미리 입수한 정보에 의하면 우리나라의 예능 프
로그램과 비슷한 포맷을 가졌는데 메인 MC와 고정 출연자들
이 정해진 질문을 해나가며 스타의 모든 것을 재밌게 조명하
는 방식이었다.

NHT 측에서 보내온 질문에 맞춰 대답을 작성했고 연습도
했다.

그들이 보내온 질문에는 강도영의 주요 출연작에 대한 것들
과 가족 관계, 심지어 신은서와의 공개 연애까지 다방면으로
구성되어 있었다.

정해진 녹화 시간은 오후 3시.

NHT 쪽에서는 녹화 시간이 길어봐야 3시간 정도라는 말
을 했으니 저녁은 녹화가 끝나고 먹어도 된다.

하지만 이승환의 주장으로 녹화가 끝나자마자 일본을 떠나
는 것으로 일정을 바꿨다.

일본 언론들이 강도영의 콘서트와 '오톰 페스티벌'에 맞춰
비난과 비판을 지속하고 있었기 때문에 일 분 일 초라도 빨리

일본을 떠나고 싶었다.

NHT 방송국은 일본 최대의 번화가 신주쿠 쪽에 위치하고 있어 호텔에서 15분이면 도착이 가능했다.

그럼에도 강도영은 1시간 전에 NHT 방송국으로 출발했다.

습관이다.

그는 영화나 드라마, 몇 번 나가지 않았지만 텔레비전에 출연할 때도 언제나 예정된 시간보다 훨씬 일찍 도착해서 촬영이 시작되기를 기다렸다.

자신으로 인해 많은 사람이 힘들어하는 걸 원치 않기 때문이었다.

방송국에 도착하자 수많은 사람이 몰려 있는 게 보였다.

똑같은 모습.

일본으로 온 후 계속해서 봐온 장면이었으나 여전히 낯설었다.

서울에서도 그가 나타나면 사람들이 몰렸지만 일본처럼 이러지는 않았다.

그의 인기가 일본에서 하늘을 찌를 정도라는 말을 들었지만 일본인들의 행동은 과한 면이 있었다.

인파를 뚫고 강도영이 차에서 내려 방송국으로 들어가자 수많은 카메라 플래시가 정신없이 터졌고 그를 부르는 팬들의 외침이 벼락처럼 터져 나왔다.

경호원들에 의해 둘러싸여 있었으나 강도영은 손을 들어 그들의 성원에 대답을 해줬다.

미리 나와 있던 NHT 쪽 관계자와 경호원들이 인파를 차단하는 동안 강도영은 녹화장이 있는 12층으로 올라갔다.

NHT 관계자는 강도영 일행이 일찍 나타나자 당황한 표정을 숨기지 못했다.

일본에서 특급 스타는 영웅이었고 정해진 시간보다 먼저 나타나는 경우가 거의 없었기 때문이다.

일행과 함께 대기실에서 차를 마시며 녹화가 시작되기를 기다렸다.

40분 먼저 도착했지만 일행과 함께 담소를 나누다 보니 시간은 빠르게 흘러갔다.

서현탁과 서은경 콤비는 여전히 방송을 앞둔 강도영에게 편안한 마음을 갖도록 만들어주었다.

시간이 되자 스태프의 사인이 들어오면서 일행이 동시에 자리에서 일어났다.

무대로 올라가는 건 강도영뿐이지만 나머지는 촬영하는 동안 녹화하는 과정을 지켜보기 위함이었다.

복도를 걸어 녹화장에 들어서자 MC와 공동 진행자들이 보였다.

뭔가 이상하다.

무대에 설치된 의자에는 모두 5명이 앉아 있었는데 이승환이 준 프로필과 전혀 다른 사람들이 둘이나 보였다.

그럼에도 강도영은 밝은 얼굴로 무대에 들어섰다.

열렬한 마중 인사가 패널들과 방청객석에서 터져 나왔다.

패널들과 악수를 하고 의자에 앉자 메인 MC인 료스케가 오프닝 멘트를 시작했다.

그의 오프닝 멘트는 강도영이 한국과 아시아에서 얼마나 대단한 스타인지 알려주는 것이었고 일본에 온 이유와 지금 프로그램에 출연한 배경 등에 관한 것이었다.

료스케가 오프닝 멘트를 하는 동안 강도영은 유심히 무대에 앉아 있는 패널들을 살폈다.

메인 MC인 료스케를 제외하고 1명의 여자와 3명의 남자였는데 2명은 이승환이 준 프로필에 들어 있었지만 나머지는 모르는 사람들이었다.

프로필에 들어 있던 여자는 일본의 유명한 배우로서 인기 정상에 있는 츠키미였고 남자는 코미디언 소우타였다.

강도영과 눈이 마주치자 츠키미가 어쩔 줄 몰라 하며 눈을 내리까는 게 보였다.

그녀의 얼굴은 시선이 마주치는 순간 붉게 변했는데 당황하는 모습이 역력했다.

그사이 오프닝 멘트를 마친 료스케가 강도영을 향해 입을 열었다.

"강도영 씨, 먼저 일본 시청자들께 한 말씀 해주시겠습니까?"

"반갑습니다. 이렇게 방송으로나마 인사드릴 수 있게 되어 영광이라고 생각합니다. 저는 사회자께서 소개해 주신 대로 공연을 위해 일본으로 왔습니다. 성공리에 공연을 마쳤고 오늘 방송이 끝나면 돌아갈 계획입니다. 오늘 이 자리를 통해 저에 대한 궁금증을 풀어드릴 수 있도록 노력하겠습니다. 감사합니다."

강도영의 인사가 끝나자 질문이 시작되었다.

료스케와 코미디언 소우타가 익살을 부리며 정해진 순서에 의해 질문을 해나갔는데 가끔가다 츠키미가 중간에 끼어들어 보충 질문을 던졌다.

통역사가 있었으나 강도영은 가급적 일본어로 답변했다.

이 프로그램은 계약에 의해 진행되고 있었으나 일본 국민들을 위한 방송이었으니 굳이 한국어를 고집할 필요가 없다는 생각이었다.

강도영이 일본어로 대답하자 료스케와 패널들, 방청석까지 놀란 표정을 숨기지 못했다.

아시아 최고 스타가 일본어를 한다는 게 그들에게는 신선했던 모양이다.

그랬기 때문인지 료스케는 준비하지 않았던 질문을 했다.

"강도영 씨, 일본어는 언제 배웠죠?"

"1년 전부터 배웠습니다. 아직 능통하지 못해서 간신히 의사 표현만 할 정돕니다."

"혹시 다른 언어도 할 수 있나요?"

"영어와 중국어를 할 줄 압니다. 대신 중국어는 일본어처럼 아직 초보 수준입니다."

"그렇다면 영어는 잘한다는 뜻이군요."

"영어는 3년이 넘도록 꾸준히 공부해서 다른 언어보다는 능통하게 구사할 수 있습니다."

"정말 대단합니다. 바쁜 일정 속에서도 꾸준히 공부하고 있다는 말인데 우리 모두가 본받아야 할 것 같습니다."

칭찬이 칭찬을 나았고 분위기는 화기애애하게 흘러갔다.

준비된 질문이 계속해서 쏟아졌고 신은서와의 관계를 끝으로 준비된 질문이 끝났을 때 강도영은 길게 한숨을 내리쉬었다.

중간중간 브레이크 타임이 있었지만 녹화 시간은 2시간이 조금 넘었을 뿐이다.

이대로라면 예정된 시간보다 훨씬 빠르게 녹화를 끝낼 수 있을 것 같았다.

하지만 그런 강도영의 예상은 대형 화면을 통해 갑작스러운 영상이 나오면서 산산조각 나버렸다.

화면에서 나온 영상은 강도영이 주인공으로 나왔던 '히어로'

의 장면들이었다.

자막이 있다. 그것도 대사의 내용과 조금씩 다른 자막이었는데 일본인들이 보면 얼굴을 일그러뜨릴 정도로 자극적인 것들만 골라서 방송되었다.

화면에 나온 것은 강도영이 일본인들을 향해 욕설을 뱉는 장면과 야쿠자와의 싸움, 한국 경찰이 일본인들을 체포하는 영상들이었다.

그동안 잠자코 있던 2명의 인물이 나서기 시작한 것은 그때부터였다.

먼저 나선 것은 하야토였다.

강도영은 몰랐지만 그는 정치인 출신으로 요즘 여러 방송국 예능 프로그램에서 맹활약하고 있는 블루칩이었다.

"강도영 씨, 이 영화는 강도영 씨가 주인공으로 출연한 거죠?"

"그렇습니다."

"영화에서는 일본인들이 마약을 팔기 위해 한국으로 갔다는 내용이 포함되어 있는데 거기에 대해서 어떻게 생각하십니까?"

"영화는 영화일 뿐입니다. 죄송하지만 그런 경우는 생각해 본 적이 없습니다."

"좋습니다. 하지만 영화는 많은 사람의 마음을 사로잡는 문화 예술의 한 방법입니다. 그런 영화에서 특정 국가에 대해 나쁜 인식을 주는 건 옳지 않다고 생각하는데 강도영 씨 생각은 어떤가요?"

"옳은 말씀입니다. 저는 연기자였기 때문에 미처 거기까지 생각해 보지 못했는데 막상 하야토 씨의 말을 듣고 보니 잘못되었다는 생각이 드는군요."

"좋은 사고방식을 가지고 있어서 다행입니다. 그러나 이런 내용의 영화가 한국에서 천만이 훌쩍 넘을 정도로 흥행을 했다는 것은 심히 우려스럽기도 합니다. 그만큼 한국인들이 일본인들을 미워한다는 걸 단적으로 나타내는 것이니까요."

하야토가 빤히 자신을 쳐다보며 대답을 강요하자 강도영의 표정이 슬쩍 굳어졌다.

눈을 돌려 일행을 찾았으나 스태프들과 함께 자리를 지키고 있던 이승환과 일행들은 어쩐 일인지 보이지 않았다.

"한국과 일본은 역사적인 이유 때문에 미워하는 감정이 있었지만 시간이 지나면서 미워했던 감정들이 점차 희석되는 과정에 있다고 생각합니다."

"저는 그렇게 보지 않습니다. 일본이 역사적으로 한국을 정복했던 일이 있는 건 사실입니다. 세계 역사에서는 비일비재하게 발생한 일이었고 한일 양국의 협의로 인해 합방에 대한 보상과 심지어 정신대에 대한 보상까지 모두 이루어졌으나 한국인들은 아직도 그러한 일본의 성의를 받아들이지 않으며 일본을 증오하고 있습니다. 이것이 과연 올바른 태도인가요.

모든 보상이 끝났음에도 끊임없이 사과를 요구하는 한국인들의 정서가 나는 도대체 이해되지 않습니다. 강도영 씨의 견해는 어떻습니까?"

잠시 눈을 감았다.

이승환이 그토록 불안해했고 이곳으로 오면서 느꼈던 찜찜함이 바로 이것 때문이란 생각이 들자 저절로 입술이 깨물어졌다.

나는 배우다. 정치를 하는 사람이 아니었고 일본에 대해서 특별한 증오감도 가지지 않았다.

그럼에도 놈들은 나를 이용해서 뭔가를 꾸미려는 것 같았다.

자리를 박차고 일어서고 싶었으나 뜨거운 무언가가 올라와 그를 자리에서 일어나지 못하게 만들었다.

결국 강도영의 입이 열린 것은 하야토의 질문에 패널들과 방청객들이 전부 자신을 향해 무언의 압박을 보낼 때였다.

"어떤 보상 말입니까. 한국이 힘들고 가난할 때 무상 원조금으로 준 3억 달러가 합방의 보상금이었다고 말씀하시고 싶은 건가요. 아니면 어린 나이에 끌려와 온몸이 피폐해질 정도로 고통을 겪었던 정신대 할머니들에게 준 10억 엔을 말하는 건가요. 우린 그런 코 묻은 돈을 받아 삼킨 그 당시의 한국 정부를 존경하지 않습니다. 그리고 저는… 지나간 과거를 빌미로 보상금을 요구하거나 일본의 공식적인 사과를 원하는 건 잘못된 일이라 생각합니다."

"나는 무슨 뜻인지 이해되지 않는군요?"

하야토가 비릿한 웃음을 흘려냈다.

이 자식, 일본에 와서 돈을 벌더니 정신이 나간 모양이다.

앞뒤가 맞지 않는 말을 하는 걸 보니 현실과 이상이 충돌을 일으키는 것처럼 보였다.

불끈하며 비난의 말을 하다가 뒤에 가서 우리가 원하는 말을 한 것은 현실에 고개를 수그리는 전형적인 비겁자의 행동이었다.

크크크… 그 옛날 한국을 통째로 바쳤던 놈들도 돈이라면 환장을 하더니 이놈도 그자들과 다를 바가 없어 보였다.

강도영의 표정은 처음과 전혀 달라져 있지 않았다.

부드러운 얼굴, 그리고 웃음. 전혀 적의가 없는 그의 얼굴은 하야토의 판단이 옳았다는 걸 증명하는 것 같았다.

그러나 강도영의 입에서 나온 건 전혀 의외의 단어들이었다.

"보상금과 사과는 잘못한 사람들이 스스로 인정할 때 발생하는 부산물들입니다. 일본이 한국을 침공하고 합방했던 일들을 역사의 일환이라고 생각한다면 그런 보상금과 명목적인 사과가 무슨 의미가 있겠습니까. 한국 국민들은 하야토 씨가 말한 것과 달리 합방에 대한 보상금과 억지 사과를 원하지 않습니다. 진정으로 잘못을 인정하지 않는 보상금과 사과는 필요 없기 때문입니다. 한국 국민들은 정신대 할머니들의 고통을 막아주지 못했다는 부끄러움을 안은 채 살아가고 있습니다. 저부터도 당장 책임질 각오가 되어 있고 한국 국민들도 그렇게 생각할 거라 믿습니다. 그러니 저에게 지나간 역사에 대한 보상금이니 사과에 대해서 더 이상 말하지 않았으면 좋겠습니다."

"음……."

하야토가 강도영의 대답을 듣고 긴 신음을 흘려냈다.

목적한 바는 어느 정도 이루어냈다. 하지만 뭔가 찜찜한 마음이 들어 대놓고 유쾌한 표정을 지을 수 없었다.

강도영의 대답은 직설적이지 않았으나 그 행간에 커다란 숨은 뜻이 담겨 있었기 때문이다.

정신대가 그렇게 되도록 막지 못했다는 부끄러움을 안은 채 살아간다는 말이 가슴에 대못처럼 날아와 박혔다.

이놈, 정말 똑똑하다.

강도영의 말은 언제든 한국이 힘을 갖추는 순간 일본이 한 짓을 그대로 돌려주겠다는 의미가 내포된 것이었으나 얼핏 들으면 전혀 그런 속셈이 드러나지 않았다.

하야토가 다시 입을 열려고 했으나 옆에 있던 카즈마가 시계를 보다가 불쑥 나섰기 때문에 한숨을 지으며 입을 닫았다.

시계는 벌써 6시를 가리키고 있었는데 스태프 쪽에서 그만

하면 됐다는 신호를 계속해서 보내오고 있었다.

카즈마도 하야토와 비슷한 유형의 인물로 인터넷에서 역사 강의를 하면서 유명세를 떨치는 사람이었다.

어느새 화면에는 한국과 일본의 지도가 나타나 있었고 중간 지점에 붉은 원을 그려놓은 게 보였다.

"강도영 씨, 한일 양국은 아직도 독도 때문에 첨예한 갈등을 빚고 있습니다. 이곳 독도는 역사적으로……."

씨발 놈이.

벌떡 일어나 카즈마의 주둥이를 짓이겨 놓고 싶었다.

카즈마가 말도 안 되는 역사 강의를 늘어놓으며 독도가 일본 땅이라는 주장을 늘어놓고 있었기 때문이다.

그러나 강도영은 이전과 같이 이를 갈며 참았다.

여기서 냉정하게 대응하지 못하면 진다는 생각이 들었다. 차가운 심장으로 놈들의 가슴에 비수를 찌른 후 돌아가고 싶었다.

"이런 역사적 배경이 있는데 한국에서는 계속해서 독도가 한국 영토라는 주장을 거듭하고 있습니다. 강도영 씨는 충분히 제 설명을 들었으니 합리적인 판단을 할 수 있을 거라 생각합니다. 강도영 씨, 독도가 어느 나라 땅입니까?"

"카즈마 씨는 일본 사람이시죠?"

"그렇습니다."

"그럼 독도가 일본 땅이겠군요."

"당연하죠. 지금까지 제가 설명했던 건 그 말을 하려던 것이었습니다."

"역사 공부를 많이 하신 모양인데 저는 독도 역사에 대해서 잘 알지 못하는 배우이자 가수입니다. 그런 사람에게 역사 문제를 늘어놓으며 답변을 하라는 건 넌센스 아닐까요?"

"아니, 그게… 나는 강도영 씨 개인의 의견을 듣고 싶었을 뿐입니다."

"제 대답이 그렇게 중요합니까. 배우에게 영토 문제를 듣고 싶어 하는 이유가 도대체 뭔지 모르겠네요. 저는 이 프로그램이 예능 프로그램이라 알고 출연했는데 그게 아닌 것 같군요. 혹시 저를 곤란하게 만들어 일본 국민들께 미움을 받도록 만들고 싶은 건가요?"

"그럴 리가… 있겠습니까. 그건 오해입니다."

"오해라면 다행이군요. 그렇다면 개인적인 궁금증인 모양인데 제 대답을 듣고 싶다니 말씀드리죠."

"…말해보시오."

"나는 한국 사람입니다. 그리고 누구 못지않게 독도가 한국 땅이라고 믿는 사람입니다. 일본 사람인 당신이 독도가 일본 땅이라고 믿는 것 이상으로 말입니다. 아마 이것은 저나 카즈마 씨뿐만 아니라 양쪽 국민들이 전부 공통적으로 가진 생각일 겁니다. 그리고 마지막으로 하야토 씨와 카즈마 씨께 충고 한마디 드리겠습니다. 문화와 예술을 정치와 연관시키지 말아주십시오. 어떤 목적으로 저에게 이런 질문을 했는지 알 수 없으나 현명한 일본 국민들은 당신들의 의도대로 따라주지 않을 겁니다. 일추탁언! 한 마리 미꾸라지가 강물을 흐린다는 이 말을 반드시 기억하시길 바랍니다."

제53장
영웅

녹화가 끝났다.

그러나 가슴속에 남아 있는 찜찜함이 무겁게 강도영의 가슴을 눌러왔다.

방송에서 곤혹스러운 질문을 받았을 때 가장 좋은 방법은 말을 하지 않는 것이라며 이승환은 수도 없이 말조심하라고 했으나 강도영은 하고 싶었던 말을 모두 쏟아냈다.

후회는 하지 않았다.

다만 저들이 이제부터 할 짓에 대해 생각하자 머리가 지끈거리며 아파왔다.

과연 자신이 한 말을 가지고 어떻게 포장해서 써먹을 것인가.

그리고 그 반응이 어떻게 나타날지 알 수 없었기에 저절로 한숨이 흘러나왔다.

이승환과 일행들이 나타난 것은 녹화장에서 빠져나와 대기실로 들어갔을 때였다.

헉, 헉.

"도영아, 녹화 어떻게 됐어?"

"끝났습니다. 그런데 어디 갔다 오신 거예요?"

"어디 갔다 온 게 아니라 쫓겨났었다. 이 개새끼들이 외부인들은 녹화장에 있으면 안 된다면서 강제로 쫓아냈어."

이승환이 분한 얼굴로 강도영을 바라보았다.

녹화가 끝날 때까지 복도에서 초조하게 기다리던 일행의 얼굴은 모두 붉어져 있었는데 그런 경우는 처음 당해봤기 때문이다.

의도가 있는 추방임이 분명했기에 더욱 안절부절못했다.

"도영아, 녹화하면서 아무 일 없었어?"

"있었습니다."

"무슨 일!"

이승환의 목소리가 바짝 올라갔다.

정확하게 알 수는 없었으나 일행을 녹화장에서 쫓아낼 때부터 불안감이 온몸을 마구 훑었는데 막상 강도영으로부터 일이 있었다는 말을 듣자 머리가 쭈뼛 섰다.

강도영으로부터 녹화 때 일어났던 일들을 들으며 이승환과 일행들은 이를 악물었다.

고의적이다.

외국의 배우에게 정치에 관한 이야기를 하지 않는다는 건 불문율에 가까운 것이었으나 NHT는 가장 첨예하게 대립하고 있는 정치 사안에 대해서 강도영에게 물었다.

•이것은 분명 현재 벌어지고 있는 한류에 대한 언론의 부정적인 시각과 연관이 있는 게 분명했다.

강도영의 말을 모두 들은 이승환은 눈을 부릅뜬 채 한동안 아무 말도 하지 않았다.

이제 일본에서 한류는 끝이다.

정말 강도영이 그렇게 퍼부었다면 일본 국민들의 정서상 한류는 끝장이 났다고 봐야 한다.

일본에서 활약하고 있는 한국 연예인들의 숫자는 백여 명을 헤아렸다.

거기에 일 년에도 몇 번씩 일본으로 들어가 공연을 하던 가수들과 드라마나 영화의 수출이 막히면서 엄청난 사람들이 타격을 입게 될 것이다.

그럼에도 이승환은 강도영에 대해 어떠한 질책도 하지 않았다.

자신이 그곳에 있었다 해도 비슷한 반응을 보였을 테니 말이다.

"자, 모두 내 말 들어. 도영이의 스케줄이 전부 끝났으니까 우리는 예정대로 일본을 떠난다. 나는 도영이를 데리고 곧장 공항으로 갈 테니 나머지는 물건들 챙겨서 천천히 따라와."

"먼저 가실 생각입니까?"

"일이 벌어진 이상 도영이에게 어떤 일이 생길지 몰라. 도영이 안전을 위해서라도 최대한 빨리 넘어가는 게 맞아."

*   *   *

자민당의 중진 나까야마는 오후 넓은 정원에서 마시는 차 한잔의 여유를 사랑했다.

정원에서 내려다보이는 신주쿠의 번화가는 일본 번영의 상징이었고 그 번영을 보면서 그는 일본이 더욱 발전하기를 기원하며 차를 마셨다.

NHT의 총괄본부장 스기아라가 정문을 통해 급하게 들어온 것은 그가 차를 모두 마시고 자리에서 일어날 때였다.

"총재님, 많이 기다리셨습니까. 녹화 테이프를 가져왔습니다."

"봤소?"

"봤습니다."

"그래, 결과는 어떻던가요?"

"그건 제가 말씀드리는 것보다 직접 보시는 게 좋은 것 같습니다."

"음… 본부장 말이 어쩐지 이상하구먼. 좋소, 일단 들어가서 봅시다."

나까야마가 정원 의자에서 일어나 천천히 걸어 현관문을 열고 거실로 들어갔다.

거대한 거실에는 고급 소파와 다탁이 놓여 있었는데 정면에는 82인치 대형 TV가 놓여 있었다.

나까야마가 눈짓을 보내자 스기아라가 품에서 USB를 꺼내 TV에 꽂았다.

그는 능숙하게 TV를 조정해서 화면을 튼 후 소파로 돌아와 리모컨을 나까야마에게 주었다.

보고 싶은 장면을 돌려가며 보라는 뜻이었다.

먼저 본 것은 YK 소속의 아이돌 그룹 '허리케인'과 걸그룹 '샤크라'의 녹화 화면이었다.

그들 역시 강도영과 비슷한 방송에 출연한 것 같았는데 마지막 질문도 유사했다.

나까야마는 화면을 보면서 마음껏 웃었다.

한국의 젊은 것들은 똥인지 된장인지도 모르고 마구 떠들어댔는데 전혀 생각이 없는 놈들 같았다.

한일 합방에 대한 보상금 문제와 정신대, 독도에 관한 질문에 그들 중 반은 일본의 주장에 고개를 끄덕였고 나머지 반은 거품을 물면서 적극적으로 한국을 옹호했다.

하지만 바보들이다.

패널들의 교묘한 화술에 빠져들어 몇몇은 일본을 비난하는 말들을 서슴없이 해대고 있었다.

더욱 재밌는 것은 나머지 쪼다들의 행동이었다.

그들은 일본을 비난하는 동료들을 말리고 있었는데 그런 장면들이 고스란히 화면에 담겨 있었다.

"카카카각… 크크큭."

화면을 보면서 나까야마가 눈물까지 글썽이며 기괴한 웃음을 터뜨렸다.

정말 기분이 좋을 때 그가 하는 행동이었다.

얼마나 웃었을까. 나까야마가 아직도 웃음을 문 채로 다음 파일을 열었다.

바로 강도영의 것이었다.

나까야마는 강도영의 일상생활에는 전혀 관심이 없는 듯 리모컨을 조정해서 마지막 장면에 눈을 맞췄다.

세심한 성격임이 분명했다.

하야토가 질문을 할 때부터 시선을 떼지 않은 채 강도영의 대답을 끝까지 지켜보던 나까야마는 세 번이나 돌려본 후 리모컨을 내려놓았다.

그러고는 이전과 다르게 손가락으로 다탁을 때리며 깊은 생각에 잠겼다.

그가 눈을 뜬 것은 스기아라가 불안한 표정을 감추지 못하고 있을 때였다.

"머리가 무척 좋은 놈이군."

"저도 그렇게 생각했습니다. 우리 함정에 덜컥 빠져든 한국 아이돌과는 전혀 다른 놈입니다."

"하고 싶은 말은 다했는데 막상 듣고 나니 잘못은 전부 NHT에게 돌아가도록 만들었어. 교활한 놈이야."

"그래도 이 화면이 나가면 한류는 얼음물을 뒤집어쓴 것처럼 차갑게 식을 겁니다. 우리 국민들은 놈의 대답에 분노를 느낄 테니까요."

"그렇게 생각하나?"

"예?"

"본부장, 당신은 이놈의 인기를 너무 과소평가하는 것 같구만. 더군다나 우리 국민들은 예전과 달라서 꽤나 현명해졌어. 이런 대답을 했다고 해서 무턱대고 분노하지는 않는단 말이요."

"왜 그런 판단을……."

"강도영 이놈은 정확하게 사람들의 아킬레스건을 건드렸단 말이오. 자신이 이렇게밖에 대답할 수 없는 원론적인 이유부터 꺼내 들었어. 역지사지. 우리 국민들이라도 그런 대답을 할 수 밖에 없는 그런 대답을 했으니 이 화면 가지고는 효과를 볼 수 없소. 한국 놈들이 들으면 시원하겠지만 일본 국민들은 분노보다 동정을 보내게 될 것이야!"

"음… 총재님, 그러면 어떻게 해야 되겠습니까?"

"한국 아이돌 화면은 그대로 내보내시오. 하지만 강도영 이놈 건 편집을 해야겠어. 어차피 효과를 보지 못한다면 한국 최고의 스타라는 이놈을 죽여야 되지 않겠나?"

"그렇다면… 음, 무슨 말씀인지 알겠습니다."

"잘 편집해 봐. 한국 최고의 스타가 조국을 배신한 것으로 만들면 아마 재밌는 일이 벌어질 거야."

*　　　　　*　　　　　*

NHT에서 방송한 '스타와 함께'는 한국 언론에도 비상한 관심을 가지고 있었다.

강도영은 대한민국 최고의 슈퍼스타였기 때문에 TCN에서는 일본 공연을 실황 중계까지 했다.

그런 마당이었으니 강도영의 일본 텔레비전 출연은 당연히 초미의 관심사였다.

그것은 YK와 HDS에 소속된 '허리케인'과 '샤크라'의 출연도 마찬가지였다.

공영 방송 NBC가 직접 움직여 NHT에서 녹화 화면을 사 온 것도 그런 이유가 있기 때문이었다.

"왔어?"

"예, 국장님. 지금 막 도착했습니다."

"이거 그놈들도 아직 방송 안 한 거지?"

"오늘 저녁에 방송된답니다."

"인터넷 시대라 빨라서 좋군. 좋아, 틀어봐."

NBC의 연예국장 서정출이 빠르게 눈짓을 보내자 PD 유한 국이 파일을 열어 동영상을 재생했다.

그가 먼저 화면을 연 것은 강도영이 출연한 파일부터였다.

아무래도 인기 면에서 차이가 나기 때문에 본능적으로 한 행동일 것이다.

두 사람은 국장실에 앉아서 차분하게 화면을 보면서 차를 마셨다.

별다른 게 없었다.

일본 놈들도 국내에서 진행하는 방식을 그대로 따라 했는 데 강도영에 관한 소소한 것들을 질문하며 웃고 떠들어댔다.

그들의 표정이 급격하게 굳어지기 시작한 것은 하야토라는 정치인 출신 패널이 히어로에 대한 질문을 하기 시작할 때부터였다.

—영화에서는 일본인들이 마약을 팔기 위해 한국으로 갔다는 내용이 포함되어 있습니다. 영화는 많은 사람의 마음을 사로잡는 문화 예술의 한 방법입니다. 그런 영화에서 특정 국가에 대해 나쁜 인식을 주는 건 옳지 않다고 생각하는데 강도영 씨 생각은 어떤가요?

—옳은 말씀입니다. 저는 연기자였기 때문에 미처 거기까지 생각해 보지 못했는데 막상 하야토 씨의 말을 듣고 보니 잘못되었다는 생각이 드는군요.

여기까지는 이해할 수 있었다.

그러나 그다음 장면부터는 저절로 표정이 굳어질 수밖에 없었다.

—좋은 사고방식을 가지고 있어서 다행입니다. 그러나 이런 내용의 영화가 한국에서 천만이 훌쩍 넘을 정도로 흥행을 했다는 것은 심히 우려스럽기도 합니다. 그만큼 한국인들이 일본인들을 미워한다는 걸 단적으로 나타내는 것이니까요.

—한국과 일본은 역사적인 이유 때문에 미워하는 감정이

있었지만 시간이 지나면서 미워했던 감정들이 점차 희석되는 과정에 있다고 생각합니다.

—저는 그렇게 보지 않습니다. 일본이 역사적으로 한국을 정복했던 일이 있는 건 사실입니다. 세계 역사에서는 비일비재하게 발생한 일이었고 한일 양국의 협의로 인해 합방에 대한 보상과 심지어 정신대에 대한 보상까지 모두 이루어졌으나 한국인들은 아직도 그러한 일본의 성의를 받아들이지 않으며 일본을 증오하고 있습니다. 이것이 과연 올바른 태도인가요. 모든 보상이 끝났음에도 끊임없이 사과를 요구하는 한국인들의 정서가 나는 도대체 이해되지 않습니다. 강도영 씨의 견해는 어떻습니까?

—지나간 과거를 빌미로 보상금을 요구하거나 일본의 공식적인 사과를 원하는 건 잘못된 일이라 생각합니다.

—무슨 뜻이죠?

—일본이 한국을 침공하고 합방했던 일들은 역사의 일환이기 때문에 하야토 씨가 말한 것처럼 합방에 대한 보상금과 사과는 필요하지 않다고 생각합니다. 그러니 저에게 지나간 역사에 대한 보상금이니 사과에 대해서 더 이상 말하지 않았으면 좋겠습니다.

강도영의 입에서 기가 막힌 대답이 나오자 서정출과 유한국이 동시에 입을 떠억 벌렸다.

그들은 강도영의 입에서 저런 대답이 나올 줄은 꿈에도 생각하지 못했던 모양이었다.

"저 새끼 미친 거 아냐?"

"으… 아무래도 일본에서 돈을 벌더니 눈깔이 돌아간 모양입니다."

"가만있어 봐, 또 무슨 개소리를 했는지 들어보자고."

서정출이 이를 드러내며 화면을 응시했다.

두 사람은 강도영의 웃는 얼굴을 보면서 분노를 참지 못하고 있었다.

일본 역사 강의로 유명한 카즈마가 독도 이야기를 꺼낸 것은 그때부터였다.

그는 한동안 독도가 일본 땅이라는 짓거리를 한 후 단도직입적으로 강도영에게 독도가 누구 땅이냐는 질문을 하고 있었다.

놈은 이전 강도영의 대답에 고무되었는지 무척 자신 있어 하는 표정이었다.

─역사 공부를 많이 하신 모양인데 저는 독도 역사에 대해서 잘 알지 못하는 배우이자 가수입니다. 그런 사람에게 어려운 역사 문제를 늘어놓으며 답변을 하라는 건 아무래도 무리인 것 같습니다.

강도영의 대답은 거기서 끝나 있었다.

두 사람은 할 말을 잃고 서로의 얼굴을 바라보며 어쩔 줄
을 몰라 했다.

슈퍼스타 강도영에 대한 국민들의 관심 때문에 시청률을
올리기 위해 파일을 구해 왔는데 설마 이런 내용이 담겨 있으
리라고는 꿈에도 생각하지 못했다.

"어쩌죠?"

"뭘 어째. 이런 개새끼는 죽여 버려야지!"

＊   ＊   ＊

강도영은 국내로 들어온 후 일체의 스케줄을 삼가한 후 일
본의 동정을 살폈다.

텔레비전에 출연해서 일본의 감정을 긁어놨으니 한류의 타
격은 불을 보듯 뻔한 일이었다.

미안했다.

막대한 손해를 보게 된 사람들은 일본 공영 방송에서 괜한
말을 떠들어 밥줄을 끊어버린 자신에게 커다란 원망과 원한
을 품게 될 것이다.

이상한 일이 벌어지기 시작한 것은 일본에서 돌아온 후 일

주일이 지나고 나서부터였다.

그가 출연했던 NHT의 '스타와 함께'가 방송되면서 대한민국 언론이 무섭게 강도영을 비난하기 시작했던 것이다.

〈강도영 그는 어느 나라 국민인가. 스타란 가면을 쓴 배신자, 그의 정체를 밝힌다!〉
〈강도영의 망언, 나라 망신을 시키다〉
〈대한민국을 부끄럽게 만든 강도영. 그의 뿌리는 친일주의자였다〉

언론이 일어섰고 동영상을 본 인터넷 유저들이 벌 떼처럼 가담했다.

대한민국의 국민으로서 강도영의 행동은 절대 용서할 수 없는 짓이었기 때문이다.

─쪽발이 강도영, 나가죽어라.
─저런 걸 좋아했다니 내가 미쳤었나 봐.
─병신 같은 새끼. 일본 놈들 돈 처먹더니 돌았군.

원색적인 비난 댓글들이 폭풍우처럼 몰아쳤다.

이승환을 비롯한 페이스의 직원들은 사색이 되었고 강도영과 서현탁은 전혀 예상하지 못했던 상황에 변명조차 제대로 하지 못했다.

악의적인 조작. 악마의 편집이었다.

페이스 관계자들을 전부 녹화장에서 내보내 건 이런 짓을 만들기 위함이 분명했다.

이승환은 강도영을 믿었으나 어떤 일도 할 수 없었다.

동영상이 조작되었다는 말을 아무리 떠들어도 믿어줄 사람이 없었고 소송을 걸어도 NHT 쪽에서 멍청하게 당해줄 리 만무했다.

가장 중요한 것은 이미 폭주 기관차처럼 달리는 여론이었다.

증거가 없는 한 흥분으로 이성을 잃어버린 여론을 달래는 것은 불가능에 가까웠다.

*　　　　*　　　　*

중흥일보 일본 특파원 김주동이 도쿄 외곽에 있는 일식집 '긴자'에 들어선 것은 NHT에서 방송된 '스타와 함께'로 인해 대한민국이 발칵 뒤집혔을 때였다.

평소에 알고 지내던 나나미에게서 전화가 온 것은 1시간 전의 일이었다.

그녀가 NHT에서 동영상 편집을 전담하고 있었기 때문이다.

전화를 해온 나나미의 목소리는 긴장으로 잔뜩 떨리고 있었는데 두려움과 긴장감이 동시에 담겨 있었다.

전화를 받은 후 스멀거리며 올라오는 소름이 돋는 걸 느꼈다.

기자의 감각이 사이렌을 울렸고 그녀의 전화가 강도영에 관한 것이란 확신이 들었다.

나나미는 평소에 만났을 때도 강도영이라면 사족을 못 쓸 정도로 좋아한다는 말을 여러 번 했기 때문에 이번 일과 커다란 관련이 있다는 판단이 들었다.

긴자에 들어가 자리를 잡고 10분 정도 기다리자 긴장된 얼굴로 옆문에서 나나미가 들어왔다.

그녀가 들어온 것은 정면이 아니라 옆문이었다.

아까부터 들려오던 여자들의 이야기 소리가 신경 쓰였는데 나나미는 그 소음을 뚫고 조용하게 들어섰다.

"나나미, 무슨 일이야?"

그녀의 모습에 당황한 김주동이 묻자 나나미가 손가락으로 자신의 입술을 가리켰다.

조용하라는 뜻이다.

그랬기에 김주동은 바짝 말을 낮추고 그녀의 모습을 바라보았다.

"미행당할 수도 있어서 이렇게 왔어요."

"누구한테?"

"그건 몰라요. 김 기자님, 시간이 없으니까 용건만 말할게요. 강도영 씨가 출연한 스타와 함께는 악의적으로 편집되었어요."

"그게 무슨 말이야?"

"윗선의 지시를 받고 녹화 화면을 제가 직접 편집했어요. 강도영 씨는 합방에 대한 보상과 사과에 대해서 일본의 태도를 강력하게 비난했고 독도가 한국 영토라는 사실도 확실하게 말했어요."

"정말… 이야?"

"이것 받으세요. 제 계좌 번호예요. 강도영 씨에 대한 미안함 때문에 이런 결정을 내렸지만 저도 먹고살아야 하니까 5억을 넣어주세요. 그러면 원본 파일을 받아볼 수 있을 거예요."

"나나미, 먼저 동영상 파일을 봐야 해. 그렇지 않으면 결정할 수 없어."

"나는 신변에 위협을 받고 있어요. 그렇기 때문에 파일은 가져오지 않았어요. 돈을 넣겠다는 약속을 해줘요. 그러면 파일을 받아볼 수 있게 해드릴게요."

"으… 좋아. 파일이 사실이라면 돈을 넣어주지."

나나미는 왔던 것처럼 옆문을 열고 사라졌다. 마치 스파이처럼.

옆에서 떠들고 있는 여자들은 누굴까.

나나미가 위험할지 모른다며 최대한 빨리 여길 떠나달라는 부탁을 했기에 김주동은 간단한 초밥을 시켜 저녁을 해결하고 자리에서 일어났다.

그럼에도 불안감은 남았다.

누군가에게 미행을 당하는 것 같다는 그녀의 말이 계속해서 머리를 어지럽혔다.

그녀의 말대로 강도영의 화면이 조작된 것이고 그것이 누군가의 음모 속에서 저질러진 것이라면 위험은 생각보다 훨씬 가까운 곳에 있을지 모른다.

하지만 두렵지는 않았다.

이것은 단순한 강도영 죽이기가 아니란 판단이 섰다.

최근 들어 지속적으로 일본 언론의 반한 기류가 그 어느때보다 심각했기에 심증이 더욱 굳어졌다.

나나미는 과연 돈 때문에 이런 짓을 한 걸까?

아닐 거란 생각이 들었다.

그녀는 NHT란 좋은 직장에서 정규직으로 근무하며 삶이 보장된 여자였다.

그런 여자가 위험을 무릅쓰고 원본 파일을 빼돌렸다면 그것은 분명 강도영에 대한 사랑 때문일 가능성이 컸다.

이해가 되지 않는다고?

그런 경우를 수도 없이 봐왔다.

여자란 존재는 자신이 좋아하는 남자를 위해 목숨마저 초개같이 버리는 경우를 말이다.

비록 그것이 짝사랑이라 해도.

나나미.

NHT 쪽에서 의도적인 조작을 했다면 분명 원본 파일을 철저하게 삭제하는 걸 지켜봤을 텐데 그녀는 어떤 방법으로 파일을 빼돌릴 수 있었을까.

궁금한 점이 한두 가지가 아니었으나 김주동은 여유 있게 방에서 빠져나와 긴자를 벗어났다.

이제 돌아가 파일을 확인하면 한일 양국에서 동시에 엄청난 태풍이 발생할 것이다.

파일이 사실이길 바랐다.

강도영이란 슈퍼스타가 친일파가 되어 대한민국의 국민들에게 뭇매를 맞는 걸 보며 안타까움을 느꼈다.

강도영에 대한 연민 때문이 아니다.

영웅이 부족한 시대.

사람들이 그토록 좋아하고 사랑하는 강도영은 친일파가 되어 국민들에게 실망을 주면 안 된다.

대한민국 전체가 사랑한 강도영이 처참하게 무너질 경우 너도나도 대한민국 국민 모두가 깊고 깊은 상처를 입을 수밖에 없기 때문이다.

여유 있는 몸놀림은 지하 주차장에 가까이 갈수록 빨라졌다.

차로 다가갈수록 마음은 급해졌고 일 분 일 초라도 빨리 이곳을 벗어나야 된다는 초조함이 그의 발걸음을 빠르게 만들었다.

하지만 그는 차 문을 열지 못했다.

갑작스럽게 나타난 사내들이 그의 앞을 가로막았기 때문이다.

*   *   *

나나미는 쪽문을 열고 친구들이 있는 곳으로 돌아갔다.

긴자는 그녀가 친구들을 만날 때마다 오는 음식점이기 때문에 가게 구조를 잘 알고 있었다.

'스타와 함께'의 원본 파일을 받은 그녀는 국장과 담당 PD가 지켜보는 앞에서 편집을 해야 했다.

단박에 알 수 있었다.

담당 PD는 아예 그녀의 옆에 앉아 일일이 원하는 내용대로 편집하도록 지시했는데 원본과 전혀 다른 내용이었다.

강도영.

비록 한국인이었으나 그녀의 이상형이었고 오랜 세월 짝사랑해 온 남자였다.

세상이 두 쪽 나도 이루어질 수 없는 사랑이란 건 안다.

그에게 결혼을 약속한 아름다운 여인이 있다는 걸 알지만 그럼에도 그를 사랑했다.

누구에게도 말한 적은 없다.

강도영에 대한 사랑은 스스로 선택한 지고지순한 사랑이었으니 다른 사람에게 그녀의 사랑이 업신당하거나 비웃음의 대상이 되는 걸 원치 않았기 때문이다.

파일의 편집은 원본으로 하는 경우가 없다.

원본을 보관한 채 카피를 떠서 작업하는데 작업이 끝나기 전에 원본이 분실되거나 망가지면 편집에 실패할 가능성이 크기 때문이다.

담당 PD가 옆에 앉아 있었고 심지어 국장과 얼굴 보기 하늘에 별 따기라는 본부장까지 수시로 들락거렸으나 원본 파일을 따로 복사하는 건 일도 아니었다.

편집을 할 때는 편집할 영상을 여러 개 따로 떼어 작업하기 때문에 컴퓨터를 잘 모르는 담당 PD는 작업의 한 과정이라 생각했을 것이다.

PD가 잠시 화장실 가는 기회를 노려 USB에 중요한 부분만 카피를 떠서 브라 안에 숨겼다.

진땀이 흘렀다.

국장과 본부장중 하나만이라도 PD와 교대해서 그녀를 지켰다면 절대 할 수 없었겠지만 다행히 두 사람은 이야기를 나누느라 그녀의 행동에 관심을 두지 않았다.

작업이 오래 걸리다 보니 그들도 긴장감이 떨어졌기 때문일 것이다.

USB를 숨긴 건 화장실 쓰레기통이었다.

감시하는 낯선 사내가 따라왔지만 화장지에 싸서 조심스럽게 변기를 밟고 올라가 옆 칸 쓰레기통에 던졌다.

분명 따라왔던 사내는 그녀가 들어갔던 화장실을 철저하게 뒤졌을 게 분명했다.

극도의 두려움.

만약 사내가 USB를 찾았다면 그들은 그녀를 그냥 두지 않을 것이다.

다행스럽게 그녀를 따라왔던 사내는 한참이 지나도 작업실 안으로 들어오지 않았다.

USB를 찾지 못했다는 뜻이었다.

작업이 모두 끝났을 때 예상했던 대로 컴퓨터는 낯선 사람들의 손에 의해 통째로 압수되었고 사무실을 나서는 그녀의 가방과 몸도 철저하게 수색이 이루어졌다.

오늘 친구들과 약속을 하고 급히 김주동을 부른 것은 자신의 나머지 삶을 살아가기 위한 보험이었다.

파일을 조작해서 누군가의 인생을 망가뜨릴 정도로 형편없는 회사는 지상에서 사라지는 게 맞다는 생각이 들었다.

그녀가 준 파일이 세상에 공개되는 순간 NHT는 공중분해될 가능성이 컸다.

파일은 김주동과 통화를 한 후 그가 가르쳐 준 주소로 편의점에서 친구의 메일을 사용해서 보냈다.

이제는 기다리기만 하면 된다.

그녀가 만들어낸 폭탄이 터지기를 말이다.

*   *   *

"김주동 기자시죠?"

"그런데요?"

"같이 가십시다."

"당신들은 누구요? 경찰입니까?"

"좋은 말로 할 때 가지. 아니면 다치는 수가 있어."

검은 장갑을 낀 세 명의 사내가 이를 드러내며 웃었는데 그 웃음이 꼭 독사가 웃는 것처럼 보였다.

물론 미친놈처럼 주먹을 휘두를 수도 있겠지만 그렇게 하지 않았다.

대신 그는 핸드폰을 들어 그들을 향해 내밀었다.

"영수야, 녹화하고 있지?"

—예, 기자님.

"이 사람들 얼굴 확실하게 나오냐?"

—나옵니다. 정말 못생긴 놈들이군요.

화면 저쪽에서는 중홍일보 특파원 후배인 조영수가 이를 드러내며 웃고 있었다.

김주동은 핸드폰을 들어 계속 찍으며 사내들을 향해 파란 눈빛을 던졌다.

"요새는 CCTV도 믿을 수가 없어서 말이야. 다시 말해 봅시다. 나를 어디로 데려갈 생각이지?"

"으……."

"말하기 어려운가? 혹시 나를 죽이기라도 하려고 그랬어?"

"머리가 좋은 사람이군. 경찰이야. 그러니까 조용하게 같이 가줬으면 좋겠어."

"호오, 그럼 미리 말해줄 것이지. 대신 신분증 먼저 봅시다. 그리고 뭣 때문에 나를 연행하는 건지 먼저 말해주시오. 그럼 고이 따라가겠소."

사내들의 얼굴이 더욱 일그러졌다.

하지만 계속해서 자신들의 얼굴을 찍는 김주동의 핸드폰을 보며 어쩔 수 없이 신분증을 꺼내 들었다.

"우린 경시청 공안부에서 나왔소. 당신이 1급 비밀 파일을 빼돌렸다는 첩보를 받고 왔으니 갑시다."

"1급 비밀 파일이라니, 그게 뭐요?"

"그건 지금 말해줄 수 없소. 가보면 알겠지."

"푸하하하… 기자가 1급 비밀을 빼돌리다니 웃기는 소리를 다 듣겠네. 영수야, 경시청 공안부란다. 지금 당장 본사에 전화해서 이 사람들 신원 확인 하고 대사관에 전화해서 신변 보호 요청 해. 알겠어?"

—바로 조치하겠습니다.

"자, 갑시다."

경시청 공안부 취조실에 들어간 김주동은 온몸을 수색당했고 핸드폰도 당연히 압류당했다.

핸드폰에 저장된 파일은 물론이고 통화 기록과 문자 내용, 각종 메신저까지 샅샅이 훑었는데 그들은 그의 이메일까지 열게 만들었다.

그를 이렇게 무리하면서까지 연행해 온 것은 만약 나나미에게 파일을 받았을 경우 즉시 없애기 위함이 분명했다.

하지만 그의 핸드폰과 이메일에 담겨 있는 건 아무것도 없었다.

김주동을 취조한 건 그를 연행해 온 자들이 아니라 하얀 와이셔츠를 입은 40대 초반의 사내였다.

"여기 나나미 씨와 통화한 기록이 있군요. 왜 통화했습니까?"

"그녀와는 여기 특파원으로 오면서 꽤 친하게 지낸 사입니다. 아까 안부 인사가 왔길래 이야기를 주고받았을 뿐이오."

"나를 놀리시는군. 나나미는 그 시간 당신이 밥을 먹은 긴자에 있었소. 그런데도 단순한 안부 인사라고?"

"나도 나나미가 그곳에 있다는 걸 알고 있었습니다. 친구들과 밥을 먹다가 문득 생각나서 전화를 했다고 하더군요. 알아봤겠지만 그녀는 내가 들어가기 훨씬 전부터 친구들과 동창 모임을 하고 있었소. 사람 사는 게 우연의 연속인 모양이오. 마침 나도 그곳을 지날 일이 있었으니 말이오."

"그래서 들러 밥을 먹었다?"

"그렇소."

"거짓말하지 마. 당신은 들어간 지 30분도 지나지 않아서 나왔어. 그것도 나나미가 동창 모임을 하는 바로 옆 칸에서 밥만 먹고 나왔단 말이야. 바른 대로 불어. 나나미한테 받은 것만 내놓으면 그냥 풀어줄 테니까 쉽게 가자고. 그건 당신한테 도움이 되지 않는 파일이야."

"이보시오. 내가 뭔가를 받았다면 당신들이 찾아냈을 거 아니야. 나한테 도움이 되지 않는 파일을 나나미가 왜 나한테 준단 말이냐고. 말해봐, 그게 무슨 파일인데 경찰까지 나서서 이런 지랄을 하는지 알아야겠어. 도대체 그게 뭐야?"

"그건……"

사내가 말을 흐리다가 슬그머니 이를 악물었다.

말할 수 없었다.

그리고 더 이상 추궁하기도 어려웠다.

그가 지시를 받은 건 나나미의 통화 내역을 감시하다가 이상한 자와 만난다면 즉시 연행해서 조사를 하라는 것이었다.

강도영의 사건이 일어난 후 지금까지 나나미의 통화 내용을 전부 도청했지만 전부 일상적인 것이었는데 오늘 마침 김주동이 걸려들었다.

속으로 쾌재를 불렀다.

그들은 힘이 있는 자들이니 자신의 앞날에 많은 영향력을 행세할 수 있는 사람들이었다.

하지만 아무리 털어도 나오는 게 없었으니 시간이 지날수록 초조해졌다.

통화 내용은 알고 있었으나 불법 도청 했다는 걸 말할 수 없었기에 더욱 속이 끓어올랐다.

분명 놈은 나나미를 만나기 위해 그곳에 갔다.

김주동은 꿈쩍도 하지 않았다. 미리 영상통화를 틀어놓고 기다릴 만큼 놈은 눈치와 강단이 대단한 자였고 협박에는 눈 하나 깜박하지 않았다.

　김주동을 연행하고 3시간 만에 중홍일보의 직원들과 대사관 직원이 변호사까지 대동하고 들어왔다.

　더 이상 어쩔 수가 없었다.

　심증은 있는데 물증이 없었고 그들이 찾는 게 불법 파일도 아닌 이상 김주동을 붙잡아두는 건 한계가 있었다.

　다른 자들의 불안 때문에 자신마저 다칠 이유가 없었다.

　자신은 그들을 도와줄 뿐이었지 그들을 위해 희생할 생각이 전혀 없었다.

　김주동은 경시청에서 나오는 즉시 대사관으로 들어가 신변이 위험하다는 이유로 하루를 묵고 다음 날 첫 비행기를 타고 대한민국으로 돌아왔다.

　공항에서 택시를 타고 무작정 집으로 향하면서 아내인 김경숙의 위치를 확인했다.

　다행히 아내는 집에 있었다.

　집으로 간다는 김주동의 말에 그녀는 깜짝 놀라며 반겼다.

　다른 특파원들과 달리 김주동은 가족들을 일본으로 데려가지 않았는데 홀어머니를 모시고 있었기 때문이다.

대신 그가 매주 집으로 왔다.

일본은 대한민국과 정신적으로 꽤 먼 나라였지만 거리로 따진다면 1시간이 조금 넘을 정도로 가까운 나라이기도 했다.

현관문을 박차고 들어서자 어머니와 아내가 동시에 거실 소파에서 일어나는 게 보였다.

하지만 그는 그녀들의 얼굴을 보지 않고 현관에 설치된 3중 열쇠를 전부 걸어 잠근 채 뛰듯 거실로 들어섰다.

"당신, 주말도 아닌데 웬일이에요. 밥은 먹었어요?"

"아범아, 무슨 일 있니. 왜 그렇게 뛰어왔어?"

"어머니, 급한 일이 있어서요. 여보, 당신 나 좀 보자."

"왜요?"

"당신한테 볼일이 있어서 그래. 빨리 와봐."

김주동이 아내의 손을 잡고 컴퓨터가 있는 서재로 급하게 들어갔다.

아내는 그의 행동에 당황했지만 곧 침착함을 되찾았다.

"무슨 일 생긴 거죠?"

"응."

"안 좋은 일이에요?"

"아니야. 특종 때문에 그래."

"그런데 왜 날 여기로 데려왔어요?"

"당신이 필요하니까."

컴퓨터를 부팅시킨 김주동은 바탕 화면이 뜨자 급하게 포털 사이트를 열었다.

그러고는 아내인 김경숙의 얼굴을 빤히 쳐다봤다.

"당신 비밀번호 눌러."

"내 메일은 왜요? 내 메일로 뭘 보낸 거예요?"

질문을 하면서도 김경숙은 자신의 메일 비밀번호를 입력했다.

거의 쓰지 않은 메일.

시어머니와 지금은 학교에 간 두 딸을 뒷바라지하느라 메일을 열어본 게 언젠지도 몰랐다.

김주동은 그녀의 질문에 대답하지 않고 서둘러 최근에 들어온 메일들을 확인하다가 일본어로 나의사랑이라 적혀진 제목의 메일을 열었다.

그러고는 서둘러 세 개의 메일 주소로 전송 버튼을 눌렀다.

그는 메일을 여는 동안 바깥에서 들려오는 소리에 귀를 기울였는데 용의주도한 성격답게 보험을 확실하게 들어놓았다.

전송 버튼까지 누른 그가 첨부 파일을 다운받으며 길게 한숨을 내쉰 후 뒤늦게 김경숙의 얼굴을 바라봤다.

"여보, 지금부터 엄청난 동영상을 보여줄게. 아마 이것 때문에 온 나라가 시끄러워질 거야. 당신이 그 첫 주인공이라는 거 잊지 마. 알았지?"

"우리 부자 되는 거야?"

"부자는 안 되더라도 국민들을 행복하게는 만들어줄 수 있을 것 같아."

"뭔지 모르지만 기대되네요."

이윽고 파일 다운이 끝나자 김주동이 동영상 플레이어를 가동시켰다.

그러고는 파일을 클릭하자 화면에 강도영의 모습이 잡혔다.

"어머, 이거 강도영이잖아요!"

"조용해 봐."

김주동이 놀라는 그녀를 손으로 제어한 후 볼륨을 올리자 하야토가 강도영에게 질문하는 장면이 흘러나왔다.

—…모든 보상이 끝났음에도 끊임없이 사과를 요구하는 한국인들의 정서가 나는 도대체 이해되지 않습니다. 강도영 씨의 견해는 어떻습니까?

—어떤 보상 말입니까. 한국이 힘들고 가난할 때 무상 원조금으로 준 3억 달러가 합방의 보상금이었다고 말씀하시고 싶은 건가요. 아니면 어린 나이에 끌려와 온몸이 피폐해질 정도로 고통을 겪었던 정신대 할머니들에게 준 10억 엔을 말하는 건가요. 우린 그런 코 묻은 돈을 받아 삼킨 그 당시의 한

국 정부를 존경하지 않습니다. 그리고 저는… 지나간 과거를 빌미로 보상금을 요구하거나 일본의 공식적인 사과를 원하는 건 잘못된 일이라 생각합니다.

─나는 무슨 뜻인지 이해되지 않는군요?

─보상금과 사과는 잘못한 사람들이 스스로 인정할 때 발생하는 부산물들입니다. 일본이 한국을 침공하고 합방했던 일들이 역사의 일환이라면 그런 보상금과 명목적인 사과가 무슨 의미가 있겠습니까. 한국 국민들은 하야토 씨가 말한 것과 달리 합방에 대한 보상금과 사과는 필요하지 않다는 생각을 가지고 있습니다. 진정으로 잘못을 인정하지 않는 보상금과 사과는 필요 없기 때문입니다. 한국 국민들은 정신대 할머니들의 고통을 막아주지 못했다는 부끄러움을 안은 채 살아가고 있습니다. 저부터도 당장 책임질 각오가 되어 있고 한국 국민들도 그렇게 생각할 거라 믿습니다. 그러니 저에게 지나간 역사에 대한 보상금이니 사과에 대해서 더 이상 말하지 않았으면 좋겠습니다.

…(중략)…

─나는 한국 사람입니다. 그리고 누구 못지않게 독도가 한국 땅이라고 믿는 사람입니다. 일본 사람인 당신이 독도가 일본 땅이라고 믿는 것 이상으로 말입니다. 아마, 이것은 저나 카즈마 씨뿐만 아니라 양쪽 국민들이 전부 공통적으로 가진

생각일 겁니다. 그리고 마지막으로 하야토 씨와 카즈마 씨께 충고 한마디 드리겠습니다. 문화와 예술을 정치와 연관시키지 말아주십시오. 어떤 목적으로 저에게 이런 질문을 했는지 알 수 없으나 현명한 일본 국민들은 당신들의 의도대로 따라주지 않을 겁니다. 일추탁언! 한 마리 미꾸라지가 강물을 흐린다는 이 말을 반드시 기억하시길 바랍니다.

동영상을 보면서 김주동은 와들와들 떨리는 몸을 주체하지 못했다.

그것은 옆에 있던 김경숙도 마찬가지였는데 그녀는 강도영이 이야기하는 장면을 보면서 연신 탄성을 터뜨리고 있었다.

그리고 두 사람은 일본 놈을 향해 강도영이 마지막 일갈을 터뜨렸을 때 두 손을 번쩍 치켜들어 손뼉을 마주쳤다.

"그래, 저게 강도영이지. 이 개새끼들 감히 장난질을 쳐서 대한민국 국민들을 허탈하게 만들어? 내가 다 죽여준다. 조금만 기다려 봐. 내가 싹 다 쓸어버릴 테니까!"

*　　　　　*　　　　　*

강도영은 침묵으로 일관한 채 집에서 나오지 않았다.

방송 사건이 일어난 후 인터뷰를 원하는 기자들에게 몇 차

례에 걸쳐 악의적인 편집이라는 설명을 했으나 돌아온 건 비겁한 변명으로 일관한다는 기사들뿐이었다.

그들은 강도영의 진심 어린 사과만을 원하고 있었다.

진실은 묻혀졌고 오직 남은 것은 오직 비난뿐이었다.

믿었던 사람에 대한 배신감은 훨씬 더 지독하게 사람들의 머리와 가슴속에 울분을 자아냈다.

끝없는 비난의 공포가 강도영의 정신을 짓눌렀다.

국민들은 텔레비전 방송에서, 인터넷에서, 그리고 일상생활에서 강도영의 행동을 끊임없이 비난했는데 그것은 가족들과 심지어 신은서에게까지 번져 나갔다.

NBC에서 새로 기획하고 있는 드라마에서 신은서가 캐스팅되었다가 낙마한 것도 그 이면을 보면 강도영 사건에서 비롯된 것이었다.

강도영이 출연한 광고가 텔레비전에서 완전히 사라졌다.

광고주들은 강도영을 출연시키면서 막대한 이윤을 창출했으나 국민들의 감정이 악화일로로 치닫자 가차없이 광고를 내렸다.

그토록 많았던 드라마와 영화, 광고의 출연 제의가 순식간에 사라져 버렸다.

어찌 보면 당연한 일이겠지만 세상 인심은 그렇게 비수처럼 강도영의 가슴을 찔러대고 있었다.

멍한 눈으로 창밖을 바라보자 모든 것이 부질없어 보였다.

나의 세상, 나의 연기, 나의 노래.

깨져 버린 삶.

마치 그 옛날 누구도 자신을 쳐다보지 않았던 그 시절로 되돌아간 것 같았다.

아니다. 그때는 불편했던 외모를 비난했던 사람들에게 분노를 느낄 수 있었으나 지금은 그마저 할 수 없으니 더욱 처참한 심정이었다.

사람들의 비난을 보면서 억울함을 느꼈으나 아무런 증거가 없으니 벗어날 방법이 없었다.

그렇다고 방송을 보고 자신을 비난하는 사람들에게 화를 낼 수도 없었다.

조국을 부정한 사람을 누가 인정하고 동정하겠는가.

그렇기에 침묵 속에서 그저 이 고통스러운 시간이 지나가기를 기다릴 뿐이었다.

이승환과 윤철욱은 그에 못지 않게 고통스러운 시간을 보내고 있었다.

회사의 간판 스타를 제대로 케어하지 못했다는 자책감에 이승환은 사건이 터진 후 지금까지 술로 세월을 보내며 자신을 괴롭히고 있었다.

사고가 난 후 며칠 동안 미친 사람처럼 돌아다니며 사태를 수습하려고 애썼으나 그는 자신이 할 수 있는게 아무것도 없다는 걸 알게 되자 오로지 술에 의지해서 시간을 보냈다.

*　　　　　*　　　　　*

문이 열리며 서현탁과 신은서가 들어오는 게 보였다.

그들의 손에는 초밥이 들려 있었는데 강도영의 점심을 챙겨주기 위해 가지고 온 것이 분명했다.

강도영은 모자를 깊게 눌러쓰고 들어오는 신은서를 바라보며 희미한 웃음을 흘려냈다.

자신 못지 않게 고통을 받고 있음에도 그녀는 수시로 강도영을 찾아왔다.

"어떻게 같이 들어와?"

"초밥 사서 들어오다가 만났어."

강도영의 질문에 서현탁이 급히 몸을 돌리며 부엌으로 다가갔다.

신은서도 마찬가지였다.

그녀는 강도영을 봤음에도 반갑다는 인사조차 못한 채 부랴부랴 화장실로 향했다.

그들의 행동에 강도영이 주먹을 쥔 채 부들부들 몸을 떨었다.

서현탁은 물론이고 신은서의 옷에도 여기저기 오물이 묻어 있었기 때문이다.

말을 하지 않아도 안다.

그의 집 앞에는 애국청년결사대란 젊은이들이 피켓을 들고 연신 시위를 하고 있었는데 그들은 강도영에게 일본으로 귀화 하라는 주장을 하고 있었다.

서현탁이 부엌에서 주섬주섬 상을 볼 동안 옷매무새를 대충 마무리한 신은서가 화장실에서 나왔다.

묻고 싶지 않았다.

그녀의 고통을 드러내서 새삼 아픔을 느끼게 만들고 싶지 않았다.

"은서 씨, 나 때문에 고생 많지?"

"아냐, 난 괜찮아."

"요즘 일도 못 하잖아. 나 때문에……."

"도영 씨, 그러지 마. 그리고 힘내. 시간이 지나면 모두 잊힐 거야."

"나 밉지 않아?"

"미워. 하지만 그것보다 도영 씨를 사랑하는 마음이 백배는 더 커."

"바보구나… 은서 씨는."

"나는 걱정하지 마. 원래 난 게으른 편이라서 집에서 편히 쉬는 게 더 좋은 여자야. 그래서 오늘부터 당분간 여기 있을 생각이야. 도영 씨와 오랜만에 마음껏 영화도 보고 게임도 하면서 놀 거야."

"밥 먹고 얼른 돌아가. 여긴 은서 씨가 있으면 안 되는 곳이야."

"왜?"

"난 감옥에 갇힌 사람이잖아. 은서 씨까지 감옥에 갇힐 이유가 없어. 그러니까 은서 씨는 사태가 진정될 때까지 당분간 여기 오지 않았으면 좋겠어. 모든 비난은 나 혼자 받는 게 맞아."

"도영 씨… 나 도영 씨 여자 아냐?"

"그런 뜻이 아니잖아."

"나는 행복할 때만 옆에 있는 여자가 되지 않을 거야. 사랑은… 불행할 때 곁에 있어야 더욱 깊어지는 거니까. 어떤 일이 있어도… 나는 도영 씨 곁을 지킬 거야. 나한테 가란 소리 하지 마. 오늘 여기 오면서 결심했어. 뼈를 묻어도 이곳에서 묻겠다고. 바로 당신 옆에서."

*   *   *

김주동은 파일을 USB로 복사한 후 지체 없이 본사로 달려갔다.

불안한 마음에 차도 타지 않고 버스와 지하철로 이동했다.

심장이 펄떡펄떡 뛰었다.

어떤 놈이 덤프트럭을 동원해서 자신의 차를 깔아뭉개는 상상을 하며 지하철은 타고 있는 지금 이 순간에도 머리칼이 쭈뼛 섰다.

지하철에 나와 연신 사방을 둘러보다가 혹시 따라오는 놈이 있을지 모른다는 생각에 100m 달리기 선수처럼 전력으로 달렸다.

만약 미행하는 놈이 있다면 단박에 확인할 수 있을 것이다.

참으로 예민한 성격이다.

조금이라도 이상하거나 불안감을 느끼게 되면 그의 머릿속은 팽이처럼 돌아가며 모든 상황을 칼같이 체크해 나간다.

다행스럽게 따라오는 놈은 없었기에 그는 중흥일보 본사에 도착하자 즉시 12층에 있는 편집국장 방으로 향했다.

그가 불쑥 들어서자 편집국장 황인태가 두 눈을 둥그렇게 뜬 채 황당하다는 표정을 지었다.

"야, 너 도대체 어떻게 된 거야. 갑자기 경시청에는 왜 갔어? 그리고 여긴 어떻게 온 거야. 어제 대사관에서 잤다면서?"

"앉으시죠. 드릴 말씀이 있습니다."

김주동이 짙게 깔린 굳은 음성으로 말하자 소리를 지르던 황인태의 표정이 순식간에 변했다.

그 역시 기자 출신이다.

그것도 중흥일보는 물론이고 온 신문사에 소문이 날 정도로 여러 번 특종을 잡아낸 베테랑 기자였다.

그런 그였기에 김주동이 굳은 음성으로 말하자 지그시 눈을 오므렸다.

"뭘 건졌구나?"

"예."

"뭐냐. 얼마나 큰 거야?"

"대한민국과 일본이 전부 들썩일 겁니다."

"으……."

빤히 자신을 처다보는 김주동을 향해 황인태가 깊은 신음성을 흘려냈다.

그의 머릿속에는 순식간에 수많은 생각이 번개처럼 지나가고 있었다.

한일 양국이 동시에 난장판으로 변할 일이라면 도대체 뭘까?

독도 문제, 신기술 유출, 북한 도발에 대한 공조, 한일 합방에 대한 일왕의 공식 사과?

쉽게 추측이 되지 않았다. 그 어떤 것도 한일 양국에 핵폭탄 같은 충격을 주겠지만 그런 일은 불쑥 터지는 게 아니었다.

"김 기자, 차 마실래?"

"시원한 주스 한잔 주시죠. 뛰어왔더니 숨이 차네요."

"그래, 같이 마시자."

노련한 황인태는 서두르지 않았다.

대신 사무실에 있는 냉장고에 가서 오렌지 주스를 두 잔 따른 후 김주동의 앞에 놓았다.

"어제 경시청에 연행된 것도 그 때문이겠군?"

"그렇습니다."

"이제 말해봐, 뭐야?"

"먼저 국장님께 약속을 받아야 합니다. 이 계좌로 5억을 보내야 되니까요."

"특종의 대가로?"

"이 특종의 가격은 500억도 넘을 겁니다. 그러니 5억은 아주 싼 가격이죠."

"5억을 주려면 사장님까지 보고를 해야 돼. 일단 보자. 그래야 보고를 할 거 아니냐?"

"좋습니다. 대신 약속을 지키지 않으시면 저는 이 파일을 한강물에 던질 겁니다."

"이 자식아, 아주 날 죽여라!"

장난같이 말했지만 황인태의 눈은 무섭게 빛나고 있었다.

5억을 하찮게 말하는 김주동의 태도에서 이번 특종이 얼마나 무서운 파장을 일으킬 것인지 눈치챘기 때문이다.

황인태가 입을 닫았다. 이제 쓸데없는 대화는 필요 없고 특종의 내용을 말하라는 것이었다.

그랬기에 김주동은 천천히 그를 향해 낮고도 강한 음성을 뱉어냈다.

"국장님, 일본에서 방송된 강도영의 인터뷰는 조작된 것입니다."

"뭐라고!"

"여기 원본 파일이 있습니다. 보시죠."

김주동이 USB를 꺼내 소파에 놓여 있던 노트북에 꽂았다.

그런 후 동영상 플레이어를 실행시키자 황인태가 노트북의 영상에 시선을 고정시켰다.

화면이 진행될수록 그의 표정이 점점 일그러졌다.

강도영의 이야기를 듣는 내내 그의 얼굴은 붉게 상기되고 있었는데 마지막 말이 끝나는 순간 하얗게 이를 드러냈다.

"쪽발이 이 개새끼들이 지랄 발광을 했구만."

"어떻습니까?"

"지금 당장 사장님한테 갔다 올 테니 넌 여기서 꼼짝 말고 기다려. 5억이 아니라 50억이라도 타 올 테니까."

"이왕이면 제 특별 포상금도 건의해 주세요. 저 이거 구하느라 수명이 10년은 단축됐습니다."

"알았다, 이 자식아!"

문을 박차고 나가는 황인태의 발은 고성능 모터가 달린 것 같았다.

얼마나 빨리 뛰는지 배가 나와 뚱뚱한 그가 뛰다가 넘어질지 모른다는 걱정이 들 정도였다.

*   *   *

JBS 보도담당 국장 윤석민이 중홍일보의 편집국장 황인태로부터 전화를 받은 것은 오후 2시 무렵이었다.

두 사람은 대학 동기 동창으로 학창 시절부터 둘도 없이 친하게 지내는 사이였다.

─석민아, 얼굴 좀 보자.

"술 마시자고?"

─이 자식아, 급해. 까불지 말고 지금 당장 나와.

"뭔지 알아야 나갈 거 아니냐. 나 바쁘다. 신문사 국장처럼 노닥거릴 새 없어."

─그럼 TCN에 국환이한테 가도 괜찮겠어?

김국환도 대학 동창이다. TCN의 보도국장 김국환은 둘 사이처럼 친하지는 않았지만 가끔가다 술을 마실 정도는 된다.

황인태의 목소리에 윤석민이 눈을 오므렸다.

뭔가 있다.

황인태는 워낙 오래 사귀어온 사이였기에 목소리만 들어도 지금 상태가 어떤지 짐작할 수 있었다.

"너, 나한테 먼저 전화한 게 제일 친한 놈이기 때문이지?"

─크크크… 당연한 말씀.

"특종이냐?"

─응.

"얼마나?"

─너네 회사가 날아갈 만큼.

"그런데 그걸 왜 나한테 줘. 네가 터뜨리지 않고?"

─우리만 가지고는 한계가 있으니까. 이 특종은 텔레비전에서 나서줘야 해. 나 지금 너네 회사 근처에 있어. 나올 거야, 말 거야?

"좋다. 만나자."

두 사람이 만난 건 JBS 근처의 커피숍이었다.

황인태는 먼저 와서 기다리다 윤석민이 나타나자 손을 번쩍 들었다.

"뛰어왔냐?"

"그럼 지금 걸어오게 생겼어?!"

"아이스커피 시켜놨으니까 일단 마셔. 숨이나 돌려라."

"괜찮으니까 빨리 말해. 나 회의가 있어서 금방 들어가 봐야 해."

"자식, 바쁜 척은. 좋아, 그럼 용건부터 말하지. 석민아, 우리애가 특종을 가져왔다. 강도영에 관한 것이야."

"강도영? 그 배신자 새끼가 왜?"

"이놈아, 함부로 말하지 마. 강도영이 왜 배신자야!"

"일본 놈 편 들었으면 배신자 아냐? 내가 그 새끼 보도국장에 있는 한 잘근잘근 씹어 먹을 거야."

"미친 놈, 강도영 파일은 조작된 거야."

"그건 또 뭔 개소리야?"

"일본 놈들이 악의적으로 조작한 거란 말이다."

"조작?"

"그래, 그 쪽발이 새끼들이 지들 내보내고 싶은 것들만 조작해서 방송한 거라고."

"그 새끼들이 왜?"

"이유야 많지. 너도 잘 알 텐데?"

"이런 씨발, 증거 있어?"

"당연히. 흐흐⋯ 그게 없으면 널 찾아왔을까."

"원본 파일?"

"머리는 빨리 돌아가는군. 강도영은 그 새끼들이 조작한 것과 완전히 반대되는 이야기를 했어. 소름이 돋을 정도로 대한민국 편을 들었단 말이다. 그놈은 배신자가 아니야. 영웅이지. 독도는 대한민국 땅이라고 말할 때 나는 오줌까지 쌀 뻔했어."

"그 말…책임질 수 있어?"

"우리가 오늘 저녁 먼저 터뜨리겠다. 특종을 만든 건 우리니까. 너희는 우리가 특종으로 때린 후 9시 뉴스에서 때려."

"먼저, 보자."

"당연히 봐야겠지. 하지만 조건이 있어."

"이게 뭔데?"

황인태가 안주머니에서 서류를 꺼내 윤석민의 앞으로 내밀었다.

그러고는 태연한 목소리로 입술 끝을 끌어 올렸다.

"동영상에 대한 비용 지불과 뉴스 방송 때 특종 출처를 반드시 보도한다는 각서. 너니까 아주 싸게 준다. 15억이라면 공짜나 다름없는 거야."

"이 자식아, 15억이 누구 집 애 이름이냐?"

"우린 이 동영상 파일 구하는 데 10억을 썼다. 우리도 남는 게 있어야 될 거 아니냐."

"무슨 뜻인지 알겠는데 먼저 보기 전에는 사인 못 해. 정말 네 말대로 강도영이 그렇게 이야기했다면 줄 테니까 동영상 내놔."

윤석민이 잡아먹을 듯 황인태를 노려봤다.

그는 강도영에 관한 이야기를 들은 후부터 얼굴에서 웃음기를 완전히 지우고 있었다.

황인태가 주머니에서 핸드폰을 꺼내 든 것은 윤석민이 목
이 타는지 앞에 놓인 아이스커피를 벌컥벌컥 들이켤 때였다.

그날 저녁.
중흥일보는 전국의 지부를 통해 동시에 호외를 뿌렸다.

〈대한민국 슈퍼스타 강도영, 그는 반역자가 아니라 우리의
영웅이었다!〉

기사의 탑에 적혀 있는 제목이었다.
호외의 주 내용은 강도영에 관한 일본 방송이 조작된 것이라
는 것이었는데 원본 파일에 들어 있는 인터뷰의 내용과 조작이
이루어진 부분을 상세하게 비교해서 적나라하게 드러냈고, 일
본이 이런 짓을 하게 된 배경 분석과 극우 방송인 NHT의 파렴
치함을 낱낱이 파헤치고 있었다.
중흥일보의 호외로 전국은 폭탄을 맞은 것처럼 동시에 술렁
였다.
중흥일보는 대한민국 5대 일간지에 포함될 정도로 전통 있
는 대형 신문사였고 아무런 증거 없이 이런 기사를 내보내지
않았을 테니 강도영에 관한 기사는 사실임이 분명했다.
그럼에도 사람들은 기사의 내용을 보면서 확신을 갖지 못

했다.

글과 동영상의 차이다.

신문 기사 내용만 가지고는 일본 방송에서 내보냈던 강도영의 치가 떨리는 이야기가 뇌리 속에서 잊히지 않았던 것이다.

*   *   *

JBS 9시 뉴스 메인 앵커인 박성윤은 오늘따라 안색을 무섭게 굳힌 채 PD의 방송 사인을 기다렸다.

지금까지 수많은 특종을 뉴스로 보도했으나 오늘처럼 화가 나는 일은 처음인 것 같았다.

NHT가 일본의 극우 방송이란 건 진작부터 알고 있었지만 이런 조작까지 서슴없이 한 걸 보면 짐승이나 다름없는 자들이었다.

분침이 정확하게 9시를 가리키기 10초 전 카메라의 불빛이 동시에 돌아가면서 PD의 사인이 올라가는 게 보였다.

"국민 여러분, 안녕하십니까. JBS 9시 뉴스를 시작하겠습니다. 오늘 저희 JBS는 중흥일보에서 특종으로 보도했던 강도영 씨의 NHT 인터뷰 내용 원본 파일을 공개할 예정입니다. 먼저 그동안 조작된 방송으로 인해 마음고생이 심했을 강도영 씨에게 진심으로 사과의 말씀을 드립니다."

박성윤이 진심에서 우러난 목소리와 함께 고개를 깊이 숙였다.

JBS도 그동안 다른 방송처럼 강도영에 대한 보도를 하면서 수많은 비난을 퍼부었다.

특집 방송을 꾸려 강도영의 사생활은 물론이고 제보된 내용을 토대로 조그만 것까지 끄집어내어 반병신으로 만들었다.

반역자는 그래도 된다는 생각이었다.

스타는 특성상 사회 규범에 맞지 않는 행동들을 하지만 대부분 용서되어 직업에 복귀하는 경우가 많았다.

하지만 반드시 하지 않아야 할 것이 있는데 강도영은 그중 가장 용서받지 못한 짓을 하고 말았다.

오랜 역사 속에서 뿌리 깊게 국민들의 마음속에 들어 있는 일본에 대한 원한을 건드렸으니 강도영은 반드시 죽여야 할 놈이었다.

그 선두에 서 있던 사람 중의 하나가 박성윤이었다.

오후 7시. 그는 강도영의 원본 파일을 받아본 후 온몸을 와들와들 떨면서 고개를 떨어뜨리고 말았다.

죄책감과 부끄러움.

제대로 진실도 알지 못한 채 미디어란 괴물을 동원해서 한 사람의 인생을 송두리째 빼앗은 자신의 행동은 절대 용서받지 못할 짓이었다.

미안했다.

방송인으로서, 한 명의 인간으로서 더없이 외로웠을 강도영에게 무릎이라도 꿇고 싶은 심정이었다.

박성윤은 한동안 허리를 숙였다가 천천히 고개를 들었다.

강도영에게 사과를 할 때의 그 정중함은 사라졌고 그의 시선에서는 어느새 파란 불빛이 새어 나오고 있었다.

"국민 여러분, 저는 강도영 씨의 원본 인터뷰 내용을 보면서 독립운동을 하며 초개와 같이 목숨을 던졌던 열사들을 떠올렸습니다. 먼저 강도영 씨의 인터뷰 내용을 보시겠습니다……."

*   *   *

강도영 팬클럽 회장 이남순은 요즘 들어 넋이 나간 사람처럼 정신을 차리지 못했다.

그가 운영하는 팬클럽은 강도영이 일본 방송에 출연했던 화면이 나가면서 단 10일 만에 반으로 줄어들었는데 지금도 계속해서 빠져나가는 중이었다.

팬 카페를 운영하면서 강도영이라는 사람에 대해 남녀 간의 사랑을 넘어 인간적인 사랑을 느꼈다.

그는 언제나 진실로 팬들을 대했고 정중했으며 사려 깊은 사람이었다.

일본 공연을 떠나기 전 사이트에 들어 온 강도영으로 인해 팬클럽이 난리가 났었다.

그는 국내 팬들 앞에 먼저 서지 못한 것에 대해서 미안한 마음을 감추지 못했는데 일본 공연이 끝나는 대로 국내 공연을 개최해서 팬클럽 회원들을 초청하겠다는 약속을 남겼기 때문이다.

전국이 강도영에게 비난의 화살을 쏟아붓기 시작하던 날 그녀는 정신이 멍해져서 아무런 행동도 할 수 없었다.

그가 한 인터뷰는 어떤 변명도 할 수 없을 만큼 지독한 내용이 담겨 있었다.

인터넷에 고릴라같이 생긴 놈이 강도영이라고 올린 블로그는 팬클럽 회원들을 동원해서 통째로 박살 냈다.

사실이 아닌 것을 사실인 것처럼 올린 놈은 그래도 되기 때문이다.

하지만 이번 사태를 겪으며 분노한 사람들에게는 어떤 말도 할 수 없었다.

안타까웠으나 그저 초조함 심정으로 언론에서 무차별적으로 뿌려대는 기사를 무기력하게 지켜볼 뿐이었다.

오빠는 지금 뭘 하고 있을까.

오랜 시간 집밖으로 나오지 못한다는 소릴 들었다.

집 앞에는 애국청년결사대란 젊은이들이 수십 명씩 돌아가며 시위를 하고 있다는 기사를 읽었는데 강도영을 찾아오는 사람들도 봉변을 당한다는 것이었다.

이해가 되지 않았다.

강도영 같은 사람이 도대체 왜, 일본이라면 끔찍하게 싫어하는 국민들의 정서를 알면서 그런 인터뷰를 했는지 이해할 수 없었다.

위로라도 하고 싶었으나 그것조차 마음대로 되지 않았다.

팬클럽의 운영진 대부분이 강도영에 대한 실망감을 터뜨리며 탈퇴했기 때문에 의견을 나눌 사람들도 마땅치 않았다.

커피를 타서 책상 위에 올려놓고 습관처럼 팬클럽 사이트를 열었다.

팬클럽 회원 중 열성적으로 활동했던 사람들은 대부분 모습을 감췄고 40만 명이 넘었던 회원수도 반으로 뚝 떨어져 20만 명뿐이었다.

그것도 활동하지 않은 회원들이 많다는 걸 고려한다면 진짜 강도영 팬들은 얼마 남지 않았다는 뜻이었다.

습관처럼 사이트를 열고 게시판을 확인하던 이남순의 눈이 휘둥그레 크게 떠졌다.

요즘 들어 게시판은 유명무실하게 변해 있었는데 불과 30분

만에 새로운 글들이 200개 이상 올라와 있었다.

급히 몇 개의 글을 열어본 이남순이 몸을 부들부들 떨어댔다.

게시판에 올라온 글들은 전부 다 중흥일보에서 호외를 뿌렸는데 강도영이 출연한 일본 방송이 조작되었다는 내용이었다.

급히 사이트를 내리고 포탈에 들어가 뉴스를 검색한 이남순은 대문짝만하게 제목이 달린 기사를 클릭했다.

〈대한민국 슈퍼스타 강도영, 그는 반역자가 아니라 우리의 영웅이었다!〉

바로 중흥일보가 특종으로 올린 기사였다.

기사 내용을 읽어 내려가던 그녀의 눈에서 천천히 눈물이 새어 나오기 시작했다.

강도영은 일본 방송에서 내보낸 내용과 완전히 상반된 이야기를 했는데 대한민국 국민들이라면 누구나 원하는 대답이었다.

"흐흑… 이런 오빠를, 그렇게 대했던 거야. 그렇게! …당신들은 바보야. 애국자를 반역자로 몰아붙였으니 당신들은 도영 오빠한테 사과할 자격도 없어. 이 바보 멍텅구리, 말미잘들아.

두고 봐, 내가 반드시 복수할 거야!"

이남순이 고래고래 소리를 질렀다.

울면서, 웃으면서.

그녀는 마치 실성한 여자처럼 온 방을 뛰어다녔는데 눈물
속의 웃음이 보석처럼 빛나고 있었다.

*   *   *

정영숙의 눈에서는 눈물이 마르지 않았다.

현관 앞에는 계란과 오물들이 쓰레기장처럼 어질러졌고 문
과 벽에는 배신자의 집이란 글들이 거칠게 쓰여 있었다.

매일 치워도 똑같았다.

하지만 그녀의 눈물은 자신의 괴로움 때문이 아니라 아들
에 대한 걱정과 아들이 받는 고통 때문이었다.

사건이 터지고 며칠 후 기자들과 시위대들로부터 모진 봉변
을 당하며 집으로 찾아갔을 때 아들은 그녀의 모습을 보면서
기어코 눈물을 흘렸다.

의연하게 버티고 있으니 걱정하지 말라던 서현탁의 말은 거
짓이었던 모양이다.

아들은 그 며칠 만에 얼굴이 반쪽으로 변해 있었는데 자신
의 옷이 엉망으로 변한 것을 보고 난 후 서러운 눈물을 멈추

지 못했다.

그래서 더 이상 아들을 찾지 않았다.

그녀가 찾아가면 겨우겨우 버텨 나가는 아들에게 더 큰 고통을 줄 수 있다고 생각했기 때문이다.

아들을 믿었다.

아들은 언제나 현명했고 진중했으며 사려 깊었으니 절대 그런 말을 했을 리 만무했다.

그럼에도 텔레비전을 켜면 언제나 아들을 비난하는 방송이 나왔다.

마치 국민들을 세뇌라도 시키려는 듯 모든 방송은 하이에 나처럼 아들을 물고 뜯어댔다.

텔레비전의 전원 코드를 아예 빼버린 채 살았다.

그들에게는 배신자라는 오명을 뒤집어썼으나 그녀에게는 더없이 소중한 아들이었기에 강도영이 비난받는 장면을 결코 보고 싶지 않았다.

남편인 강성두는 침묵으로 일관했다.

그는 여전히 택시 운전을 하며 늦은 시간에 집으로 돌아왔다.

어떤 마음인지 알기에 그의 행동을 말리지 않았다.

남편은 어쩌면 그녀보다 더 큰 슬픔과 괴로움 속에서 이 끔찍한 하루하루를 버텨내고 있을 것이다.

불조차 켜지 않은 채 창밖을 바라보며 앉아 있었다.

8시가 가까워지자 창밖은 어둠에 사로잡혀 검은 숲만 보일 뿐이었다.

달빛에 의지해서 먼 하늘을 바라보았다.

이대로, 이렇게… 자신의 죽음으로 아들이 면죄부를 받을 수만 있다면 그렇게 하고 싶다는 생각을 하며.

시간의 흐름이 마치 지옥 길을 걷는 것처럼 느리다는 생각을 할 때 현관문이 불쑥 열리며 강우성이 들어오는 게 보였다.

집에 오지 말라고 했기에 강우성은 그동안 친구 집에서 지냈는데 어쩐 일인지 미친 사람처럼 거실로 달려오고 있었다.

"우성아……."

"엄마! 형이, 형이 아니야!"

"그게… 무슨 소리니?"

"형의 인터뷰가 조작되었다는 기사가 나왔어. 대한민국을 배신하지 않았다는 형 말은 사실이었어요!"

"정말… 이야?"

"잠깐만 기다리세요! 곧 9시 뉴스에서 형이 인터뷰한 원본 동영상이 나온다니까 눈으로 확인할 수 있을 거예요!"

강우성이 부랴부랴 텔레비전 쪽으로 가서 코드를 꽂은 후 전원 버튼을 눌렀다.

어둠에 잠겼던 거실이 화면에서 나온 불빛에 의해 밝아졌다.

텔레비전에서는 일일 연속극을 하고 있었는데 아직 뉴스를 시작하려면 10분이나 남아 있었다.

그동안 강우성은 신문과 인터넷에서 보았던 내용들을 정영숙에게 설명했다.

둘째 아들의 이야기를 들으며 정영숙은 끊임없이 눈물을 흘려냈다.

"하나님, 감사합니다. 우리 아들이 누명을 벗게 해주셔서 정말 감사합니다."

그녀가 두 손을 맞잡고 기도를 했다.

자신을 보자 끊임없이 울어대던 아들의 모습을 보면서 얼마나 가슴이 찢어지도록 아팠는지 모른다.

오래도록 기도를 하면서 하나님을 찾았다.

다시는 이런 고통이 아들에게 생기지 않기를 간절히 바라면서.

낯익은 앵커가 텔레비전 화면을 채우며 뉴스의 시작을 알린 것은 그녀가 강우성으로 인해 기도를 멈추고 눈을 떴을 때였다.

─…저는 강도영 씨의 원본 인터뷰 내용을 보면서 독립운동

을 하며 초개와 같이 목숨을 던졌던 열사들을 떠올렸습니다. 먼저 강도영 씨의 인터뷰 내용을 보시겠습니다…….

*   *   *

강도영의 집에는 서현탁을 비롯해서 신은서와 이승환, 윤철욱, 그리고 유혁까지 와 있었다.

그들은 강도영의 인터뷰 내용이 조작되었다는 중흥일보의 특종을 보자마자 집으로 달려왔는데 전부 흥분했던지 얼굴이 붉게 달아올라 있었다.

뉴스가 시작되고 그토록 비난에 시달렸던 동영상 원본 파일이 흘러나오자 모여 있던 사람들은 초긴장 상태에서 화면을 뚫어지게 바라보았다.

강도영은 화면을 가득 채우며 나타난 자신의 모습을 보면서 깊은 한숨을 내리눌렀다.

어떻게 저 동영상을 입수했을까.

동영상에서는 자신이 했던 말들이 한 마디 가감 없이 고스란히 흘러나오고 있었다.

서현탁을 비롯해서 방 안에 모여 있던 사람들은 강도영의 입에서 한 마디 한 마디가 나올 때마다 눈을 부릅떴다.

완벽한 조작.

이승환이 분노를 참지 못한 채 이를 갈았고 서현탁은 말없이 강도영의 손을 잡았다.

누구보다 격한 반응을 보인 것은 신은서였다.

그녀는 홍수처럼 눈물을 흘렸는데 인터뷰 내용이 모두 끝나자 강도영의 품에 안겨 통곡을 터뜨렸다.

한 명씩 다가와 두 사람을 위로해 줬다.

그동안 겪어야 했던 고통과 슬픔에 대해 사람들은 아무 말도 없이 그들의 등을 두드려 줬다.

초인종이 울린 것은 텔레비전에서 강도영에 관한 뉴스가 끝났을 때였다.

JBC 측에서는 인터뷰 내용을 방송한 후 일본의 만행과 이런 짓을 하게 된 배경을 성토했는데 거의 30분을 할애했다.

서현탁이 초인종 소리에 반응하며 벌떡 일어나 인터폰으로 향했다.

현관 밖에는 낯선 남자가 서 있었는데 처음 보는 얼굴이었다.

"누구시죠?"

"저는 애국청년결사대 회장을 맡고 있는 하재용입니다. 강도영 씨께 드리고 싶은 말이 있습니다."

"지금은 만날 수 없습니다. 돌아가세요."

"그럼 들어가지 않겠습니다. 대신 통화만 하게 해주십시오."

"안 됩니다. 그냥 돌아가세요."

"저희는 그냥 돌아가지 못합니다. 저희는 그동안 저질렀던 행동에 대해서 반드시 사과를 해야 되니까요. 얼굴은 보지 않아도 좋습니다. 저희는 이곳에서… 지금, 무릎을 꿇고 강도영 씨께 했던 잘못을 빌겠습니다."

사내는 현관에서 물러났다.

그러자 그의 뒤로 10여 명의 젊은이가 무릎을 꿇고 있는 것이 보였다.

인터폰을 통한 대화 내용을 듣고 강도영이 말없이 일어나 그 모습을 보았다.

저 사람들은 전부 자신의 집 앞에서 애국청년결사대란 이름으로 매일같이 시위를 하던 사람들이었다.

누가 시켜서 한 짓이 아니었을 것이다.

젊은 혈기로 조국을 사랑하는 순수한 분노에서 벌인 일이었으니 그들에게는 아무런 잘못이 없다.

그럼에도 그들은 자신을 향해 간절한 눈빛으로 잘못을 빌고 싶어 하는 것 같았다.

그랬기에 천천히 걸어 나가 현관문을 열었다.

그러자 인터폰을 눌렀던 사내가 붉어진 눈으로 무릎을 꿇은 채 강도영을 올려다봤다.

"강도영 씨, 죄송합니다. 정말 죄송합니다. 당신이 받았을 고통을 생각하면 이런 사과는 아무것도 아니겠지만 저희들은 진심으로 용서를 받고 싶습니다. 조국을 생각하는 당신의 마음가짐을 의심했던 점 부끄럽습니다. 대한민국을 대표하는 강도영 씨였기에 저희들이 더욱 어리석은 판단을 내렸던 것 같습니다. 고맙습니다, 강도영 씨. 일본을 향해 당당하게 말씀하셨던 내용 저희들도 결코 잊지 않겠습니다."

*　　　　　*　　　　　*

국민들의 분노가 극으로 치달았고 직접적으로 영향을 받은 연예계도 발칵 뒤집어졌다.

물론 방송에서는 자신들의 안위와 시청률을 위해 수시로 고의적인 편집을 만들어내곤 한다.

일례로 기획 뉴스 방송에서는 공무원들이나 관계자들의 인터뷰 내용을 교묘하게 편집해서 시청자들을 분노케 만드는 경우가 많았다.

당한 사람들은 어처구니없는 일이었으나 방송사를 상대로 고소 고발은 꿈에도 생각하지 못했다.

방송사는 공룡이었고 자신의 인터뷰 내용 원본을 가지고 있지 않는 이상 싸움이 되지 않기 때문이었다.

하지만 이번 경우는 달랐다.

국가간의 위상 문제가 걸려 있었고 완벽한 증거를 확보한 후 대한민국의 전 언론이 벌 떼처럼 일어섰기에 일본을 향한 국민들의 분노는 활화산처럼 뜨거웠다.

단순한 조작이 아니라 불순한 의도가 NHT 쪽에 숨어 있기 때문이다.

일본의 누군가가 대한민국을 대표하는 슈퍼스타 강도영과 아이돌 그룹을 상대로 장난질을 쳤고, 그 이유가 한류를 잠재우기 위한 수단이었음이 만천하에 드러나면서 그 파장은 일파만파로 퍼져 나갔다.

특히 강도영을 사랑했던 수많은 사람은 일본이 고의적으로 악마의 편집을 펼쳐 그를 매장시킴으로써 대한민국의 정신을 혼란에 빠뜨린 것을 간과하지 않았다.

인터넷 강국답게 대한민국의 유저들은 단 하루만에 NHT의 홈페이지를 박살 냈고 곧이어 일본 정부의 중요 축인 문부과학성의 홈페이지마저 다운시켜 버렸다.

*   *   *

외교부장관 유춘만과 문화체육관광부장관 홍석기가 청와대로 들어선 것은 강도영 사태가 터진 다음 날 오후 4시였다.

그들은 대통령 비서실장의 콜을 받고 부랴부랴 달려왔는데 미리 언질을 받았기 때문인지 한쪽에 서류가 잔뜩 든 가방을 들고 있었다.

그들이 집무실로 들어섰을 때 이미 대통령 장상주와 비서실장 최경모가 자리에 앉아 머리를 맞대고 뭔가 이야기를 하는 중이었다.

장상주 대통령은 2년 전 취임한 이래 부드러운 카리스마로 원만하게 국정을 이끌어 국민들로부터 현재 70%가 넘는 지지율을 받을 정도로 사랑받는 대통령이었다.

"어서 오시오. 바쁘신데 불러서 미안합니다."

"아닙니다, 대통령님. 그렇지 않아도 들어올 생각이었습니다."

"허허, 그렇겠죠. 그러실 것 같아서 제가 미리 선수를 쳤습니다."

대통령이 특유의 부드러운 웃음을 지으며 말을 하자 유춘만과 홍석기가 그를 마주 보며 미소를 지었다.

일국의 수장이었으나 전혀 권위 의식이 없다.

유춘만과 홍석기는 임명 전까지 장상주 대통령과 특별한 인연이 없었으나 장관으로 내정된 사람들이었다. 전문가를 등용한다는 대통령의 철학에 의해 전혀 예상치 못한 상태에서 장관에 올랐던 것이다.

처음 임명장을 받았을 때의 그 긴장감은 대통령과 일해온

2년 사이에 완전히 사라졌다.

그 옛날 누군가는 각료들을 만나는 걸 극도로 싫어해서 서류 보고를 받았다지만 장상주 대통령은 국정에 관한 것은 반드시 대면 보고를 받았다.

현 정권의 각료들은 대통령 만나는 걸 전혀 두려워하지 않았다.

일이 발생하면 수시로 청와대에 들어와 대통령을 만났는데 장상주 대통령이 언제나 허심탄회하게 그들의 이야기를 들어주었기 때문이다.

두 사람이 자리에 앉고 비서가 차를 가져다 놓자 부드러운 얼굴로 대통령이 그들을 바라봤다.

"어제 뉴스 보셨죠?"

"그것 때문에 지금까지 회의를 하다가 왔습니다."

"강도영 씨가 고생이 많았다고 들었는데 걱정입니다. 아무래도 홍 장관님이 전화라도 한 통 넣어주셔야 되겠어요."

"알겠습니다. 그렇지 않아도 그럴 생각이었습니다."

문화체육부광관 홍석기의 얼굴이 단박에 붉어졌다.

강도영의 인터뷰가 조작되었을 것이란 생각을 전혀 하지 못한 상태에서 문화체육부 홍보 담당관이 직접 강도영의 실명까지 거론하며 국가의 정책에 반하는 행태에 대해서 비난했기 때문이다.

홍석기가 지체 없이 대답하자 여전히 미소를 베어 문 대통령이 이번에는 유춘만에게 고개를 돌렸다.

"유 장관님은 이번 사태에 대해서 어떻게 생각하십니까?"

"정말 어이없는 일이지만 이로 인해 우리는 일본을 확실하게 압박할 수 있게 되었습니다. NHT는 일본의 대표적인 우익 방송이었으니 일본의 우익들은 이로 인해 엄청난 타격을 받게 될 것입니다."

"우리 전략은요?"

"일단 강력한 항의 성명을 내겠습니다. 그와 더불어 이번 기회에 일본의 공식적인 사과까지 밀어붙이겠습니다."

"이번 사태에 대해서 말입니까?"

"저는 이번 사태를 빌미로 그동안 곪고 곪아왔던 문제까지 끄집어낼 생각입니다. 먼저 NHT를 공중분해시켜 버려 우리나라에 적대적인 일본 우익에게 커다란 타격을 줄 계획입니다. 더불어 잘못된 역사에 대해 아직도 공식적인 사과를 하지 않는 일본 측의 오만을 강하게 성토코자 합니다."

"유 장관님, 어제 강도영 씨의 인터뷰 내용 중에서 제가 깜짝 놀란 게 있습니다."

"어떤 걸 말씀하시는 건지……"

"우리의 대(對)일본 외교 전략은 언제나 과거 역사에 대한 압박이었습니다. 잘못한 자들로부터 사과를 받아내고 그로

인한 보상과 책임을 묻는 것 말입니다. 그렇죠?"

"그렇습니다."

"하지만 강도영 군은 그렇게 말하지 않더군요. 우리는 사과와 보상을 원하지 않는다고 말합니다. 잘못한 자가 진정으로 잘못을 뉘우치지 않으며 하는 사과는 의미가 없다는 것입니다. 우리 국민 대부분이 그렇게 생각하고 있다던데 유 장관님 생각은 어떠십니까?"

"저 역시… 하지만 대통령님, 외교적으로 봤을 때 이는 반드시 필요한 것입니다. 일본의 과오를 정부에서 압박하지 않는다면 그들은 자신들의 잘못을 전혀 의식하지 않을 것입니다."

"우리가 아직 힘이 없기 때문입니다."

"예?"

"대한민국이 미국처럼 강대국이었다면 그들이 그렇게 나왔을까요. 아마 그렇지 않았겠지요. 이것이 현실입니다. 저 역시 대통령에 취임하면서 일본의 사과와 보상을 이야기할 때마다 부끄럽다는 생각을 가졌습니다. 힘이 없어 당한 조국이었습니다. 역사는 언제나 약소국의 처참한 파멸로 점철되게 마련입니다. 우리 국민들은 물론이고 저와 장관들께서 너무나 잘 아는 내용임에도 일본을 미워하는 건 대한민국 역사에서 유일하게 합방이란 치욕을 당했기 때문입니다. 우리 역사로 봤을 때 피해를 당한 거로 본다면 중국에게 당한 것이 훨씬 큽니다. 그렇지 않습니까?"

"맞는 말씀입니다."

"현대 국제사회는 자신들의 이익에 의해서 이합집산되고 있습니다. 우리가 일본이 절대 사과하지 않는다는 걸 알면서도 계속 압박하는 것 또한 바로 그런 이유일 겁니다. 유 장관님, 우리 이번 기회에 깨끗이 털고 갑시다. 나는 일본에 대한 전략을 수정했으면 좋겠습니다. 과거의 잘못을 인정하지 않는 자들에게 사과를 요구할 게 아니라 우리 스스로 더 잘사는 나라, 더 큰 힘을 갖는 강대국으로 성장해 나가는 쪽으로 외교 전략을 바꾸세요. 그리고 조국이 힘없어 당했던 사람들, 위안부 할머니들과 강제 징용으로 끌려갔던 분들에 대해서는 일본이 아니라 우리 정부 차원에서 충분한 보상을 해줬으면 좋겠습니다. 대신 이번 일을 꾸민 NHT와 일본 우익에 대해서는 확실한 타격을 주세요. 놈들에 대해서는 반드시 보복을 해야 합니다. 이번 일은 과거의 역사가 아니라 현재이기 때문입니다. 이제 우리는 그냥 당하지 않는다는 걸 확실하게 보여주시면 고맙겠습니다."

*　　　　*　　　　*

일본 공중파 방송 NKC의 한국 특파원 요시다는 요즘 정신없이 바빴다.

강도영 사태로 인해 한국이 발칵 뒤집혔고 그로 인해 오히려 반일 기류가 형성되면서 뉴스거리가 산더미처럼 생겼기 때문이다.

강도영이라면 그도 잘 아는 아시아의 슈퍼스타였다.

강도영이 출연한 영화와 드라마는 일본에서도 빅 히트를 쳤고 일본의 여자들은 강도영이라면 사족을 못 쓸 정도로 열광 속에 빠져 있었다.

텔레비전에서 강도영의 인터뷰를 보며 이해할 수 없었다.

NHT 쪽과 일본 공연을 계획한 JR이 어떤 경로를 통해 강도영을 텔레비전에 출연시켰는지 몰라도 아시아의 슈퍼스타가 일본 쪽에 유리한 이야기를 했다는 것은 선뜻 이해하기 힘든 것이었다.

그럼에도 그것으로 인해 강도영은 한순간에 역적으로 몰렸다.

수많은 언론이 그를 씹는 동안 요시다는 그 이면에서 생성된 반일 기류에 초점을 맞췄다. 강도영의 친일 발언이 오히려 한국민들의 반일 감정을 증폭시키는 결과를 낳던 것이었다.

그러던 어제 중흥일보의 특종과 JBC의 뉴스를 보면서 충격에 빠질 수밖에 없었다.

"이런 빠가야로!"

뉴스를 보면서 얼마나 욕을 퍼부었는지 모른다.

어떤 병신들이 한 짓인지 단박에 알 수 있었다.

일본의 방송에 대해서는 빠삭했기 때문에 NHT가 우익의 대표 세력인 '신선조'와 연결되어 있다는 건 방송가에서 비밀도 아니었다.

한국에 들어와 특파원 활동을 하고 있었지만 한국을 좋아하는 건 아니었다.

그렇다고 극도로 싫어하지도 않는다.

한국 국민들의 정서에서 뿌리 깊은 반일 감정이 들어 있다는 걸 알면서도 한국을 증오하지 않는 건 그들의 입장이 충분히 이해되기 때문이었다.

만약 일본이 한국의 잔인한 통치하에서 36년을 보냈다면 그 역시 마찬가지 입장이었을 테니 말이다.

그러나 일본에는 자신의 생각과 다르게 미친놈들이 넘쳐났다.

아직도 대동아 공영을 외치며 과거의 영광을 되찾아야 된다는 망상 속에서 허우적거리는 자들 말이다.

어이없게도 그런 자들은 정치계에서 문화와 예술, 심지어 군사와 과학 쪽에도 뿌리 깊게 박혀 있었다.

이번 사태도 보나마나 그들이 한 짓이었다.

과연 그자들은 무엇을 얻기 위해 이런 짓을 한 것일까.

긴급으로 한국에서 노출된 동영상 조작 사건을 본국에 넘기면서 요시다는 부끄러움을 숨길 수 없었다.

쥐구멍이라도 있다면 숨고 싶은 심정이었다.

강도영의 인터뷰 내용은 일본을 비난하는 게 아니었고 양쪽 국가와 국민의 입장 차를 감안해서 자신의 소신을 이야기한 것이었다.

자신도 만약 그런 자리에 있었다면 강도영처럼 말했을 것이다.

한국 국민으로서 강도영은 지극히 정상적이었고 일본 국민들의 입장을 이해했으며 연예인에 불과한 그에게 정치적인 질문을 던진 NHT에 대해서 일갈을 터뜨렸을 뿐이었다.

기사를 송부한 후 일본의 반응을 보며 부끄러움은 더욱 커졌다.

일본은 지금 한국에서 터뜨린 뉴스로 인해 난리가 난 상태였다.

NHT에 대한 비난 여론이 들불처럼 확산되는 중이었고 한국 정부의 공식적인 수사와 책임자 처벌 요구에 정부는 골머리를 앓는 중이었다.

일본 국민들의 반응은 반한 감정으로 나타나지 않았다.

워낙 부끄러운 짓을 벌여놓았으니 대부분의 일본 국민은 한국 정부의 요구가 당연한 것으로 받아들였고 대신 강도영에 대한 동정 여론이 확산되고 있었다.

요시다가 커피를 앞에 놓고 담배를 빼어 물자 미우라가 슬 그머니 다가와 그의 옆자리에 앉았다.

미우라는 그보다 5년 후밴데 작년에 한국으로 넘어온 신참 기자였다.

"선배님, 앞으로 어떻게 될 것 같습니까. 한국 사람들 보기 부끄러워 밖에 나갈 수도 없어요."

"한국보다 일본이 문제다. 한국은 강도영의 동영상이 방송 되면서 반일 감정이 오히려 줄어들고 있어. 내 판단에 따르면 한국 정부에서 언론을 교묘하게 통제하고 있는 것 같아. 또 하나, 이유가 있다면 강도영 때문이다. 한국 국민들은 강도영 에 대한 배신감 때문에 반일 감정을 가졌지만 그게 아니었다 는 사실이 드러나자 안도의 한숨을 내쉬고 있단 말이다."

"강도영이 그 정도로 대단한 사람이었나요?"

"대단하지. 내가 알기로 강도영은 한국 사람들이 보물처럼 소중하게 여기는 존재였어. 이 사태가 벌어지기 전까지."

"휴우, 엄청나군요."

"강도영이 한국 국민들에게 사랑받고 있는 건 연기와 노래 만 잘해서가 아니야. 그자는 지금까지 번 돈의 반 이상을 불 우한 사람들 돕는 데 썼더구만. 그 금액이 300억을 넘어. 더 군다나 사생활이 깨끗하고 진실로 대중들을 대해왔기 때문에 신뢰도와 호감도가 상상 이상이야."

"그래서 이런 일이 벌어진 거군요. 왜 하필 그자들은 강도영을 타깃으로 삼았을까요."

"충격파를 극대화하기 위해서였겠지. 저 죽을지도 모르고."

"미친 자들입니다. 그자들은 어떻게 될 것 같습니까?"

"본사의 국장과 통화를 해보니 상황이 심각한 모양이더라. 한국 정부가 워낙 강력하게 요구했고 세계 언론들이 벌 떼처럼 일어났기 때문에 정부 쪽에서도 그냥 넘길 수 없는 모양이야. 조만간 검찰 쪽에서 수사에 들어간다고 해. 아마, 고구마 줄기처럼 관련된 놈들이 드러나겠지. NHT는 물론이고 '신선조' 쪽도 여러 명 구속될 거다. 이번에는 일본 국민들의 반응이 워낙 안 좋아서 예전처럼 우익에 대한 솜방망이 처벌을 기대하기 힘들어. 전 세계에 쪽팔린 짓을 했으니 그 새끼들은 작살이 나야 해. 얼마나 부끄러운 짓이냐. 대일본의 명예는 그 새끼들이 다 흐려놓았으니 전부 잡아다 총살을 시켰으면 좋겠다."

"우익 정치인들이 그냥 두고 보지 않을 텐데요?"

"만약 이번에도 어물쩍 넘어가면 전 세계 국가가 보는 앞에서 일본은 병신이라고 광고하는 것과 똑같게 될 거야. 나는 우익을 미워하지 않았다. 그자들도 일본의 영광된 미래를 위해 노력한다고 생각해 왔으니까. 하지만 지금은 아니야. 그자

들은 일본을 오히려 수렁으로 몰아넣는 짓을 계속해 왔어. 이
번 기회에 뿌리를 뽑아야 해. 더군다나 한국 정부가 필사적으
로 달려들고 있어. 내가 봤을 때 그들은 이번 일이 제대로 해
결되지 않으면 절대 가만있지 않을 것 같아. 대통령까지 직접
나섰단 말이다."

제54장
청룡

민화일보의 사회부 기자 우창식은 정도신문의 박재범과 나란히 승용차에 올라 프레스 센터로 향했다.

JBC에서 조작 사건의 진실을 밝힌 후 일주일 만에 강도영이 드디어 세상에 나오기 때문이었다.

그동안 수많은 언론이 강도영을 취재하기 위해 움직였으나 그는 방문을 걸어 잠그고 꼼짝하지 않았다.

누구도 취재할 수 없었다.

그가 사건이 터진 후 겪었던 고통과 슬픔을 너무나 잘 알기에 기자들은 강도영이 스스로 세상에 나오기를 기다려야 했다.

부탁도 강요도 할 수 없었다.

감춰진 진실을 알지 못한 채 뭇매를 때린 언론은 강도영의 입장에서 봤을 때 조작을 했던 일본 방송 못지않게 상대하기 싫은 존재였음이 분명했다.

일주일 동안 수많은 일이 발생했다.

팬클럽들은 연대해서 강도영이 하루빨리 복귀해 달라는 간절한 소망을 언론에 공개했고 텔레비전 방송을 비롯해서 주요 언론들은 그에게 공식적인 사과문을 발표했다.

일본에서는 검찰청이 직접 나서서 이번 사태에 대한 특수팀을 꾸려 수사에 들어갔다는 소식이 들렸으며 한국 정부에서는 연일 일본의 확실한 조치를 요구하고 있었다.

강도영.

정말 대단한 이슈 메이커다.

사건이 터진 후 거의 20일이 지나도록 모습을 드러내지 않았으나 세상은 온통 그에 관한 뉴스뿐이었다.

우창식이 강도영의 기자회견 소식을 국장에게 들은 건 어젯밤 9시 무렵이었다.

놀라서 눈만 껌벅거렸다.

침묵을 지키던 강도영이 갑작스럽게 기자회견을 한다는 것도 놀라웠고 장소가 프레스 센터라는 사실에 한 번 더 놀랐다.

프레스 센터는 언론인들의 메카였고 자존심이었다.

그랬기에 연예인들은 출입이 불가한 성지나 다름없는 곳이었다.

"누구 작품이야?"

"글쎄, 정확하지는 않지만 들리는 소문에 따르면 문화체육부장관이 움직였다더라."

"말도 안 되는 소리 하지 마. 장관이 미쳤냐, 그런 짓을 하게?"

"말이 안 되긴 왜 안 돼. 장관이 직접 사과 전화를 했다는 정보가 며칠 전에 잡혔어. 우리 추측에는 그때 이야기가 되지 않았나 싶다."

"그럼 프레스 센터를 오픈한 게 장관이란 말이잖아?"

"그래."

"환장하겠네."

이제야 이해가 된다.

어제 전화를 받은 다음부터 언론 쪽을 전부 뒤졌지만 강도영과 콘택트해서 기자회견을 준비한 주체가 나타나지 않았는데 박재범의 말을 듣게 되자 고개가 끄덕여졌다.

한동안 말없이 운전만 했다.

생각을 정리할 시간이 필요했고 자신이 준비한 질문에 대해서 고민이 필요했다.

무엇을 질문할 것인가… 무슨 낯짝으로.

그럼에도 자신은 프레스 센터를 향해 부지런히 달려가고 있었다.

"박 기자, 질문 준비했지?"

"응."

"뭘 준비했냐?"

"너는?"

"내가 먼저 물었잖아. 혹시 겹치면 피해야 되니까 말해봐."

"쩝… 준비는 했는데 말하려니까 쪽팔리기도 하고 부끄럽기도 하다. 우 기자, 우린 서로 비슷한 입장인데 이건 그냥 넘어가는 게 좋겠어. 난 상황을 지켜보다가 질문하지 않을 생각이야."

"그러냐. 그래, 그게 현명할지도 모르겠다."

*　　　　*　　　　*

강도영은 서은경의 도움을 받지 않았다.

오랜만의 외출이었기 때문에 이승환은 서은경을 집으로 오도록 했으나 강도영이 말렸다.

스타로서 대중들 앞에 나가는 자리가 아니라 한 사람의 인간으로서 기자들 앞에 서는 자리였으니 몸을 가꿀 필요가 없다고 생각했기 때문이다.

검은색 정장을 입고 거실로 나오자 이승환과 윤철욱, 서현탁이 서 있는 게 보였다.

매니저는 지하 주차장에서 차를 대놓고 기다리는 중이었다.

홍석기 장관에게서 전화가 온 것은 3일 전의 일이었는데 그가 전화를 받지 않았기 때문에 이승환을 통해 연결된 것이었다.

장관답지 않게 그는 자신의 지위를 완벽하게 던져 버리고 이번 일에 대해 정중하게 사과부터 해왔다.

그러고는 부탁을 했다.

강도영의 심정은 알지만 국민들을 위해 기자회견에 나서달라는 것이었다.

많은 생각과 고민이 있었으나 그의 요청을 받아들였다.

어차피 세상을 등질 거라 결심하지 않은 이상 언젠가는 다시 대중들 앞에 나서야 할 때가 온다.

프레스 센터의 기자회견은 어쩌면 그에게 정부와 국민들이 만들어준 기회일 거란 생각이 들었다.

밴을 타고 프레스 센터에 도착하자 수많은 기자가 서 있다가 차에서 내리는 강도영을 향해 플래시 세례를 퍼부었다.

그러나 분위기가 달랐다.

밀치고 떠들며 난장판을 만들었던 과거와는 달리 기자들은 그저 조용히 서서 카메라 셔터를 눌러댈 뿐이었다.

이승환과 윤철욱의 호위를 받아 프레스 센터 19층으로 올라가자 200여 명의 기자가 빽빽하게 자리에 앉아 있는 것이 보였다.

기자들의 구성은 다양했다.

정치부 기자도 있었고 사회부 기자도 있었으며 연예부 기자까지 마구 섞여 있었다.

그들도 카메라 기자들처럼 차분했다.

강도영이 문을 열고 모습을 드러냈으나 그들은 부드러운 시선으로 그가 단상에 올라가기를 기다렸다.

빠르지 않은 걸음으로 단상에 올라가며 자신을 바라보는 기자들을 향해 가볍게 고개를 숙인 강도영은 품에서 준비해 온 연설문을 꺼내 들었다.

이승환과 이틀 전부터 머리를 맞대고 준비해 온 것이었다.

"저를 아껴주시고 사랑해 주신 국민 여러분. 오랜만에 뵙겠습니다. 최근 저로 인해 벌어졌던 일들에 대해서 먼저 죄송하다는 말씀과 더불어 감사의 인사를 드립니다. 제가 일본 공연을 마치고 NHT에 출연하게 되었던 이유는……."

강도영은 차분한 목소리로 그간의 경과에 대해서 이야기를 했다.

누명을 벗었다는 기쁨은 물론이고 그동안 고통을 겪으면서 느꼈을 분노도 전혀 담겨 있지 않는 음성이었다.

강도영은 과정만 이야기했을 뿐 일본에 대한 비난이나 국민들의 질타에 대한 감정에 대해 어떤 말도 하지 않았다.

그저 진실이 밝혀져 다행이라는 말과 대한민국의 일원으로서 연기와 노래에 최선을 다하겠다는 각오를 이야기했을 뿐이다.

모든 글을 읽고 나자 질문의 시간이 다가왔다.

기자들은 녹음기를 틀고 강도영의 음성을 담는 사람도 있었지만 노트북으로 직접 연설문을 쳐서 회사로 송부하는 사람들도 많았다.

사회자가 질문하라는 멘트를 날렸으나 기자들의 손은 쉽게 올라가지 않았다.

평소 같았다면 절대 볼 수 없는 광경이었다.

그러나 시간이 지나자 중간에 앉아 있던 대한일보 기자가 손을 드는 걸 필두로 계속해서 질문이 쏟아지기 시작했다.

"일본의 방송 조작에 대해서 느낀 감정을 말씀해 주시죠?"

"조작이란 걸 알면서도 적극적인 해명을 하지 않고 칩거를 하셨는데 그 이유는 뭔가요?"

"앞으로 일본 활동은 어떻게 하실 겁니까?"

"정부 쪽에서 사과를 했다던데 사실인가요?"

강도영은 기자들이 물을 때마다 신중하게 대답을 했다.

일본 방송의 조작은 분명히 잘못된 일이라는 말을 했고 일본 국민들이 자신을 여전히 사랑해 준다면 언제든지 공연할 수 있다는 마음도 전했다.

그러나 칩거 이유에 대해서는 정확하게 말하지 않았다.

기자들에게 동영상이 조작되었다는 말을 분명히 했지만 그들은 자신들이 원하는 내용으로 비난 기사를 썼기 때문에 화를 내는 게 당연했으나 그는 그저 진실이 밝혀지기를 기다렸다는 말로 질문에 대한 답변을 마무리해 버렸다.

우창식은 끝내 손을 들지 않고 기자들이 하는 질문을 지켜보았다.

비겁하다.

국내 언론 기자들은 30분이 넘도록 본질에 대한 질문을 피한 채 계속해서 엉뚱한 질문을 해대고 있었다.

그가 손을 번쩍 든 것은 사회자가 기자회견을 끝내기 위해서 질문을 그만 받겠다는 신호를 보낼 때였다.

"강도영 씨, 민화일보의 우창식입니다. 저는 이 사건이 벌어진 후 앞장서서 강도영 씨를 비난했던 사람입니다. 이 점 먼저 정중하게 사과드리며 마지막 질문을 드리고 싶습니다. 강도영 씨는 대한민국에서 가장 사랑받는 스타였으나 이번 일로 인해 국민들에게 많은 질타와 비난에 시달렸습니다. 이에 대해서 한 말씀해 주시기 바랍니다."

우창식의 질문에 기자회견장이 순식간에 침묵 속으로 빠져들었다.

기자들은 우창식을 바라보지 않고 얼굴을 찌푸렸다.

알면서도 하지 않고 끝까지 입을 다문 건 이대로 기자회견이 마무리되기를 바랐다.

고양이 목에 방울을 달기 싫어서가 아니다.

그것은 강도영에 대한 배려이자 국민들이 느껴야 할 부끄러움을 막기 위해서였다.

하지만 우창식의 질문을 받은 강도영의 얼굴에는 표정 변화가 전혀 없었다.

"저는 서두에서 말씀드린 것처럼 저희 국민들께 죄송스러움과 고마움을 느끼고 있습니다. 어쩌면 이번 일로 국민들께서 저를 욕하고 혼내신 건 당연한 일이었을지도 모릅니다. 저 역시 다른 누군가가 이런 올가미에 걸려 조국을 부정하는 배신행위를 했다면 분노를 느꼈을 것입니다. 그것은 제가 대한민국 사람이기 때문입니다. 국민 여러분 또한 대한민국을 진정으로 사랑하셨기에 조국을 부정한 사람에게 화를 내셨던 거라고 생각합니다. 그랬기에 저는 국민 여러분의 행동을 당연하게 받아들였습니다."

*   *   *

기자회견이 끝나고 한 달이 지나자 서서히 평온이 찾아왔다.

강도영이 기자회견을 한 후 사람들은 그에게 절대적인 신뢰를 보내며 끝까지 사랑하겠다는 사람들로 넘쳐났다.

일본 측의 수사는 빠르게 진행되어 NHT의 국장과 본부장,

우익 단체 신선조의 총재라는 자와 정부 조직의 고위급 인사 등 10여 명이 구속되었다는 외신이 들려왔다.

조용히 휴식을 취하며 지내는 강도영과 달리 이승환은 바쁘게 움직였다.

그는 대한민국 최대 로펌 회사를 동원해서 NHT 쪽에 명예 훼손과 강도영이 받은 피해 보상에 대한 소송을 제기했다.

이승환은 그동안 겪었던 고통에 대해서 분풀이라도 하려는 듯 500억에 달하는 피해 보상을 요구했는데 국제적으로 워낙 민감한 사안이었기 때문에 언론에서도 초미의 관심을 보이고 있었다.

그 한 달 동안 변화는 또 있었다.

신은서가 계약 기간이 만료되면서 페이스 쪽으로 회사를 옮겼는데 요즘 들어 그녀는 눈코 뜰 새 없이 바쁜 일정을 보냈다.

각종 광고와 드라마 출연이 물밀듯 밀려들었기 때문이다.

그것은 서현탁도 마찬가지였다.

마치 방송가에서는 그동안의 미안함을 보상이라도 하려는 것처럼 강도영의 지인들에게 러브콜을 끝없이 보내오고 있었다.

이승환이 강도영을 찾은 것은 칩거의 시간이 너무 길어진다는 판단 때문이었다.

돈 때문이 아니라 강도영에 대한 걱정이 먼저였다.

이번 사건으로 인해 정신적인 충격을 받았겠지만 이대로 계속 칩거를 한다는 건 연예인으로서 결코 좋은 방법이 아니었다.

"도영아, 더 쉴 거냐?"

"아뇨, 이제 일을 해야죠. 두 달이나 꼼짝하지 않았더니 힘드네요."

"그래?"

이승환이 반색을 했다.

집으로 오면서 걱정을 했는데 의외로 강도영이 쉽게 대답하자 그의 얼굴이 햇살처럼 밝아졌다.

"뭐 생각한 거라도 있어?"

"공연을 하고 싶습니다. 일본으로 가기 전에 팬들에게 국내 공연을 열겠다고 약속했거든요."

"그거 좋다. 언제?"

"가능한 빨리하면 좋겠어요. 곡은 쉬면서 제가 다 뽑아놨으니까 편곡만 조금 손보면 될 것 같아요."

"장소는 서울에서 해야겠지, 가급적 큰 장소로?"

"사장님이 장소는 알아서 정해주세요. 그리고 이번 공연은 자선 공연으로 홍보해 주셨으면 좋겠습니다."

"그건 또 무슨 소리냐?"

"제가 한 말을 지킬 생각입니다. 합방 당시 일본에게 당했던 분들께 이번 공연 수익을 전부 나눠 드리고 싶어요."

"음… 무슨 말인지 알았어. 네 생각이 그렇다면 이번 공연은 우리 쪽박 차자. 까짓것 그 돈 없어도 우린 충분히 먹고살잖아!"

*   *   *

다시 일을 시작하자 활기가 솟구쳤다.

창살 없는 감옥에서 벗어나 세상을 보게 되자 모든 것이 새롭게 보였다.

강도영의 국내 공연에 참여한 것은 마이더스 밴드였다.

충원 20명으로 구성된 마이더스 밴드는 국내에서 알아주는 팀이었는데 페이스 쪽에서 강도영의 콘서트에 참여해 달라는 부탁을 하자 고민조차 하지 않고 뛰어들었다.

강도영이 준비한 곡은 댄스곡이 2, 발라드가 3, 록 계열이 4곡이었다.

편곡은 국내 최고 실력자로 알려진 정도진이 맡았다.

강도영의 서울 콘서트가 결정되자 그로 인해 또다시 언론이 들썩였다.

더군다나 이번 공연이 일제강점기 때의 피해자들을 위한 자선 공연이란 사실이 알려지자 텔레비전과 각종 언론이 발

벗고 나서서 홍보를 해줬기 때문에 공연이 결정된 후 단 3일 만에 대한민국 전체가 알게 되었다.

편곡이 끝나고 본격적으로 밴드와 호흡을 맞췄다.

살아 있음이 너무나 감사하다.

이렇게 하고 싶던 노래를 마음껏 다시 부르게 되었으니 강도영의 얼굴에는 웃음꽃이 지워지지 않았다.

연습실로 뜻밖의 손님이 찾아온 것은 강도영이 마지막 곡을 부르고 난 후였다.

"감독님!"

나타난 얼굴을 향해 강도영이 맨발로 뛰어나갔다.

유혁과 함께 나타난 것이 바로 김동혁이었기 때문이다.

2년 전 제주도로 내려간 후 한 번도 얼굴을 보지 못했고 전화 통화조차 할 수 없었다.

김동혁은 핸드폰을 없애 버린 채 세상과 완벽하게 단절된 삶을 살았기 때문에 연락할 방법조차 없었다.

"어쩐 일이세요?"

"얼굴 좋구나. 고생한 놈처럼 안 보이네."

"고생하는 걸 알면서도 전화 한 통 안 해주셨단 말이죠. 정말 너무하신 거 아니에요?"

"하하하… 잘될 거라고 믿었다. 그래서 전화하지 않았어. 내가 전화하면 어린애처럼 울 것 같기도 했고."

"턱수염 좀 깎지 그러셨어요. 마치 할아버지처럼 보이잖아요."

"인마, 원래 예술가는 이렇게 하고 다니는 거야."

"허이구."

"도영아, 밥 사주라."

"예?"

"밥 사달라고. 왜 싫어?"

김동혁의 강짜에 강도영이 어이없다는 표정을 지은 채 따라 나섰다.

옆에서는 유혁이 두 사람의 대화를 들으며 연신 낄낄거리고 웃었다.

그들이 간 곳은 근처에 있는 일식집이었다.

남들의 시선을 받지 않고 조용하게 밥을 먹을 수 있어서 강 도영이 자주 찾는 곳이었다.

자리에 앉아 음식을 시키고 난 후 강도영이 천천히 입을 열 었다.

난데없이 불쑥 찾아온 김동혁이 반갑기도 했지만 그를 찾 아온 이유가 궁금했기 때문이다.

"그런데 감독님 어쩐 일이세요. 제가 그렇게 보고 싶었어요?"

"그럴 리가 있나. 여자도 아닌 네가 왜 보고 싶겠어."

"그럼요?"

"혁이 데려온 거 보면 몰라? 당연히 일 때문이지."

"다시 영화 찍으실 거군요. 그렇죠?"

"눈치는 여전하구나."

"어떤 영화죠? 생각해 놓으신 거 있으세요?"

"제목은 '청룡'이다. 월남전 당시 베트콩에게 공포의 사신으로 통했던 청룡부대의 최정예 특수부대 이야기야."

"재밌겠군요."

"어때, 할래?"

　　　　　*　　　　　*　　　　　*

강도영의 콘서트는 잠실 주경기장으로 장소가 결정되었다.

워낙 거대해서 최대 10만 명까지 수용이 가능한 경기장이었다.

이승환은 콘서트를 준비하면서 페이스의 역량을 풀가동했는데 한 달 동안 꼬박 전 직원이 야근을 밥 먹 듯했다.

자선 공연이란 사실이 알려지고 난 후 게스트로 출연하겠다며 자진해서 손을 든 가수들이 많았는데 그중 강도영은 이승환과 협의 끝에 이번 일본 사태 때 같이 피해를 봤던 YK와 HDS의 아이돌 그룹들을 선택했다.

그들이 출연 의사를 밝힌 것은 공동체 의식을 가졌기 때문일 것이다.

판이 커졌다.

슈퍼스타 강도영에 이어 게스트로 수많은 팬을 보유한 '허리케인'과 '샤크라', '비스트보이'가 참여하면서 자선 콘서트는 국민들로부터 초미의 관심을 받을 수밖에 없었다.

더군다나 JBC 측에서 콘서트의 생중계를 결정했기 때문에 판은 시간이 지날수록 점점 커져갔다.

이윽고 티켓팅이 시작되면서 콘서트를 보기 위한 사람들의 전쟁이 불을 뿜었다.

각종 방법이 다 동원되었지만 표를 구한 사람들은 그리 많지 않았다.

워낙 경쟁률이 심했기 때문인데 10만에 달하는 표가 불과 30분 만에 매진이 될 성도였다.

*　　　　　*　　　　　*

강도영의 팬클럽 회장 이남순은 절친인 신경화와 함께 티켓팅이 시작되는 순간부터 미친 듯이 마우스를 클릭했지만 끝내 표를 구하지 못하자 허탈감에 빠져들었다.

속이 새카맣게 타들어갔으나 새로 산 컴퓨터는 어쩐 일인지 멍텅구리처럼 화면이 고정된 채 움직이지 않았다.

컴퓨터가 잘못된 게 아니라 동시에 수많은 사람이 접속했기 때문에 벌어진 일이었다.

이남순의 표정이 하얗게 변했다.

이번 강도영의 콘서트는 무슨 수를 쓰던 보러 갈 생각이었다.

약속을 지키지 않은 강도영을 원망할 수는 없었다.

팬클럽 회원들을 초청하겠다는 강도영의 약속을 기억하며 기대를 하고 있었으나 워낙 커다란 일을 치렀고, 이번 공연이 자선 공연이란 사실을 알고 난 후 공짜로 표를 얻겠다는 마음을 접은 지 오래였다.

그럼에도 막상 가지 못하게 되는 상황에 처하자 서운함을 감추지 못했다.

"경화야, 어쩌지?"

"어쩌긴 뭘 어째. 이게 다 우리 팔자라고 생각해야지."

신경화가 입맛을 쩍쩍 다시며 멍하니 창밖을 바라보았다.

그녀가 대부분의 팬클럽 회원들이 활동을 멈추었을 때도 꿋꿋하게 남아 있었던 것은 강도영 팬클럽을 같이 만들었을 뿐만 아니라 이남순 못지않게 강도영을 좋아했기 때문이다.

"암표라도 살까?"

"아서라, 아마 백만 원을 주고도 못 살 거다."

"…그렇겠지."

"그냥 맥주나 마시면서 텔레비전이나 보자. JBC에서 생방송을 해준다니까 오히려 그게 더 좋을지도 몰라."

"그걸 위안이라고 말하는 거니. 직접 현장에서 오빠를 보는 거하고 화면에서 보는 걸 어떻게 비교해!"

"신경질 내지 마. 고혈압 생겨."

"아, 미치겠네."

한숨을 내리쉬는 신경화를 바라보며 이남순이 머리를 짚었다.

나이 서른에 팬클럽 회장을 하는 걸 보며 사람들은 미쳤다고 했으나 아직도 그녀는 청춘이었고 현장에서 손을 흔들며 강도영을 연호하길 원했다.

갑작스럽게 전화벨이 울린 건 그들이 허탈한 심정을 감추지 못하고 대화를 중단한 채 창밖을 바라볼 때였다.

창밖을 보다가 액정을 확인한 이남순이 불에 손을 덴 사람처럼 펄쩍 뛰어오른 건 화면에 뜬 이름이 그동안 통화조차 되지 않았던 강도영이었기 때문이다.

"오빠!"

─남순 씨, 잘 있었어요?

"그럼요. 저는 잘 지냈어요. 오빠는요, 오빠는 이제 괜찮아요?"

─하하하… 나야 남순 씨 생각하며 잘 지냈죠.

"피이, 거짓말. 오빠가 그렇게 말하니까 마구 소름 돋잖아요."

단순한 한마디에 맥이 풀렸던 마음이 하늘을 날아갈 것처럼 변했다.

옆에서는 신경화가 귀를 가져다대며 덤벼들었기 때문에 이남순은 바퀴벌레 밀어내듯 엉덩이를 뒤로 물렸다.

─남순 씨, 오늘 시간 어때요?

"오늘요, 왜요?"

─경화 씨하고 같이 나와요. 내가 밥 살게요.

"정말… 이세요?"

─그럼요.

어떻게 전화를 끊었는지 몰랐다.

강도영이 밥을 사겠다는 말을 듣고 신경화는 거품을 물며 뒤로 넘어지기까지 했다.

강도영의 팬클럽을 운영하면서 공식 행사를 통해 3번을 만났지만 이렇게 개인적으로 식사 약속을 한 건 처음이었다.

때 빼고 광을 냈다.

예쁘고 날씬하지는 않았지만 그녀들은 강도영을 만난다는 설렘에 세상에서 가장 아름다운 여자로 탄생하기 위해 온 정성을 기울였다.

오후 6시.

그녀들이 압구정동에 있는 이탈리안 레스토랑에 도착해서 종업원에게 예약자의 이름을 말하자 가장 안쪽의 룸으로 안내해 줬다.

조금 일찍 도착했기 때문에 아직 오지 않았을 거라 예상했지만 뜻밖에도 강도영은 미리 와서 그녀들을 기다리고 있었다.

"오랜만이네요. 어서 와요."

"오빠!"

감격이다.

오랜만에 본 강도영은 여전히 잘생겼고 매력적이었으며 다정했다.

울컥하며 눈물이 솟아나는 걸 억지로 참고 손을 내밀어 그의 손을 마주 잡았다.

"그동안 일이 있어서 연락조차 할 수 없었어요. 이해해 줄 거죠?"

"그럼요, 오빠가 고생한 거 누구보다 잘 알고 있었어요. 우린 오빠가 잘못될까 봐 얼마나 걱정했는지 몰라요."

"고마워요. 이렇게 잘 해결된 건 전부 남순 씨와 경화 씨 덕분이에요."

"우린 한 게 아무것도 없는걸요……."

"아뇨, 그렇지 않아요. 날 믿어줬잖아요. 그걸로 충분해요. 자, 우리 뭐 먹을까요?"

강도영이 메뉴판을 내밀었다.

하지만 고르기가 애매했다. 이 가게는 단품이 없이 코스 요리만 적혀 있었는데 가격이 너무 비쌌다.

그녀들이 쉽게 선택하지 못하자 강도영이 나섰다.

"여긴 이게 잘 나와요. 이걸로 시킬게요."

특A라고 써진 메뉴를 손으로 짚으며 강도영이 벨을 눌렀다.

벨이 울리고 얼마 지나지 않아 다가온 종업원에게 음식을 주문한 강도영이 두 여자들을 부드럽게 바라보았다.

"요즘 콘서트 준비 때문에 바빠서 더 일찍 만나고 싶었는데 그렇게 하지 못했어요. 아, 참. 콘서트 표는 구했어요?"

"아뇨, 꼭 가려고 했는데 너무 많은 사람이 몰리는 바람에……."

"하하… 그렇죠. 내 주변에도 거의 표를 구하지 못했다고 하더군요. 그럼 어쩌죠. 팬클럽 회장이 콘서트에도 못 오면 나는 어떡해요. 게스트로 출연하는 아이돌 그룹 팬들만 잔뜩 오면 내가 창피하잖아요."

"미안해요… 오빠, 정말 열심히 노력했는데……."

강도영의 말을 듣자 울 것 같았다.

자신들의 노력이 물거품으로 돌아갔다는 아쉬움과 강도영을 응원하지 못한다는 현실이 겹쳐지면서 가슴이 뻐근하게 아파왔다.

강도영이 그런 그녀들을 향해 품속에서 고급스럽게 장식된 봉투를 꺼낸 건 종업원이 샐러드를 가지고 들어왔을 때였다.

"이것 받아요."

"이게… 뭐예요?"

"콘서트 예매 번호. 전부 합해서 500장이에요. 제일 앞에 중앙 자리로 잡아놨어요. 남순 씨와 경화 씨가 나를 잘 볼 수 있도록."

"우와……."

두 여자가 동시에 탄성을 지르며 강도영이 내민 봉투를 받아 내용물을 꺼내 들었다.

거기에는 빽빽하게 예약 번호들이 적혀 있었는데 한쪽에는 VR이란 글자가 선명하게 찍혀 있었다.

종이를 확인한 그녀들의 손이 부들부들 떨렸다.

VR은 최고의 귀빈들만 모신다는 특별석의 약칭이었다.

*   *   *

강도영은 회사에 들러 이승환의 차를 타고 잠실 주경기장으로 향했다.

잠실 쪽으로 갈수록 교통 체증이 급증했는데 콘서트가 벌어지는 주경기장에 도착하자 사람들로 인산인해를 이루었다.

삼삼오오 몰려든 사람들, 그리고 각종 언론 차량들이 빽빽이 경기장을 에워싸고 있었다.

아직도 콘서트 시작은 1시간이나 남았으나 이미 주경기장은 상당수가 먼저 입장한 상태였다.

경호원들의 호위를 받으며 대기실로 향하는 동안 기다리고 있던 기자들이 벌 떼처럼 몰려들었다.

다시 돌아갔다. 예전의 그때 그 분위기로.

몰려든 기자들은 강도영의 한마디를 듣기 위해 아수라장을 연출시켰는데 온통 플래시 불빛뿐이었다.

콘서트는 저녁 8시에 시작하기 때문에 벌써 날은 어두워져 어둠이 짙게 내려앉아 있었다.

대기실에 도착해서 무대 의상을 확인하고 옅은 화장을 했다.

서은경은 꼼꼼한 성격답게 3부로 이루어진 공연마다 특색 있는 의상을 준비했는데 전부 강도영의 외모를 돋보이도록 만드는 옷들이었다.

모니터로 보이는 주경기장의 모습은 대낮처럼 밝아져 있었다.

스탠드 상단에 대형 화면이 6개나 설치되어 있었기 때문에 먼 곳에 있는 사람들도 강도영의 모습을 가까이 볼 수 있게끔 배려를 했다.

준비를 하는 강도영을 보면서 이승환은 긴장된 표정을 숨기지 못했다.

일본 공연은 그가 진두지휘한 게 아니었으나 이 공연은 그가 직접 회사의 역량을 총동원해서 진행하고 있었기 때문에 부담이 되는 모양이었다.

주경기장에 들어온 관객수는 전부 합해 10만 명이 조금 넘었다.

스탠드가 7만 명 정도였고 경기장 잔디밭에 별도로 준비한 좌석이 3만이다.

금액으로 따진다면 이 공연 한 번으로 400억에 가까운 돈을 벌어들일 수 있다는 뜻이다.

공연을 추진하는 데 든 경비를 전부 제외해도 200억에 달하는 순수익을 올릴 수 있었으나 강도영의 제안을 흔쾌히 받아들인 이승환은 돈을 벌겠다는 욕심을 완전히 버렸다.

사소취대.

작은 것을 버리고 큰 것을 얻는다.

계약 기간이 만료 돼가는 강도영을 다시 잡고 페이스의 이름을 국민들에게 확실하게 각인시켜 넘버원으로 태어날 수 있다면 이 정도는 아무것도 아니었다.

이승환은 강도영이 준비하는 것을 한동안 지켜보다가 대기실을 나섰다.

공연의 주체자로서 마지막 점검이 필요했기 때문이다.

"누나, 시간 얼마나 남았어요?"

"30분 정도."

"게스트들은 다 도착했나요?"

"화장실 갔다 오면서 보니까 전부 온 것 같더라. 왜?"

"공연 시작 전에 인사나 하려고요. 분장 다 끝난 거죠?"

"응."

"그럼 잠깐 갔다 올게요."

강도영이 1부 무대 의상으로 갈아입은 후 자리에서 일어났다.

1부 의상은 복면가왕에서 입었던 검은 가죽 코트를 훨씬 고급스럽게 리모델링한 것이었다.

문을 나선 강도영은 게스트 대기석으로 향한 후 '허리케인' 과 '비스트보이'가 있는 문을 열었다.

최종 리허설을 하면서 눈인사는 나누었지만 이렇게 가까운 곳에서 마주친 건 처음이었다.

강도영이 들어서자 아이돌 그룹의 멤버들이 그로테스틱한 분장을 한 채 대화를 나누다가 자리에서 벌떡 일어났다.

그들은 강도영이 자신들을 향해 다가서자 몸을 뻣뻣하게 굳혔는데 마치 귀신을 본 것 같은 눈을 하고 있었다.

하지만 아이돌 그룹답게 금방 정신을 차리고 허리를 구십 도로 숙였다.

"선배님, 안녕하십니까."

"오늘 공연에 참여해 줘서 정말 고마워요. 여러분 때문에 훨씬 재미나고 흥겨운 무대가 꾸며질 것 같네요. 자발적으로 자선 공연에 나섰다고 들었어요. 정말 여러분이 자랑스럽습니다. 나중에 기회 봐서 내가 술 한잔 살게요. 근사하게. 그래도 되죠?"

"사주시기만 한다면 지옥 끝까지라도 따라가겠습니다. 선배님, 오늘 공연은 저희가 봐왔던 어떤 공연보다 멋있을 겁니다. 저희도 최선을 다할 테니 걱정하지 마십시오."

*　　　　*　　　　*

신은서는 서현탁 부부와 함께 무대에서 가장 가까운 좌석에 자리를 잡았다.

강도영이 그들을 위해 특별히 준비해 둔 자리였다.

들어오면서부터 느낀 것이었지만 정말 어마어마한 인파였다.

스탠드와 잔디밭 좌석까지 사람들로 꽉꽉 들어찼는데 도대체 몇 명이나 되는지 헤아릴 수 없을 정도였다.

사람들이 떠드는 소리가 웅웅거리며 마치 벌 떼가 날아다니는 것 같았다.

더군다나 그들 좌우로는 파란색 전기봉과 각종 피켓을 든 강도영 팬클럽이 장악하고 있었기 때문에 푸른 나라에 갇혀 있다는 느낌이 들었다.

얼마나 시간이 지났을까.

그토록 밝았던 불빛이 한꺼번에 꺼지며 어두웠던 무대가 드디어 환한 빛을 뿜어냈다.

그리고 강렬한 사운드와 함께 강도영이 무대로 나서는 것이 보였다.

그가 나서자 폭탄이 터진 듯 한꺼번에 엄청난 함성이 경기장을 울리며 퍼져 나갔다.

장관이다. 그리고 감동이다.

강도영은 시작부터 관객들을 흥분의 도가니로 몰아넣으려는 듯 경쾌하고도 강렬한 록 음악을 꺼내 들었다.

그때부터가 시작이었다.

그 넓은 경기장을 울리는 강렬하고도 파괴적인 밴드의 사운드와 강도영의 노래는 관객들을 잠시도 그냥 앉아 있지 못하게 만들었다.

2시간의 공연.

참가한 게스트의 면면마저 톱클래스의 아이돌 그룹이었기에 관객들의 환호는 멈출 줄을 몰랐다.

신은서도 서현탁 부부와 함께 마음껏 즐겼다.

내 마음을 송두리째 뺏어간 사람. 사랑하는 그대. 어려운 역경을 이겨내고 다시 무대에 서서 열정적으로 노래하는 모습을 보자 기쁨을 숨길 수 없었다.

시간이 흐름 속에서 공연은 점점 끝을 향해 달려가 마지막 순서가 다가왔다.

게스트로 참여했던 '허리케인'과 '비스트보이', '샤크라'의 무대는 예전에 끝났고 3부의 마지막 순서를 강도영이 장식하고 있었다.

음악이 멈추고 열정 속에서 노래하던 강도영이 움직임을 멈췄다.

갑작스러운 정적 속에서 강도영이 마이크를 입으로 가져가 이야기를 시작한 건 관객들이 긴장감으로 인해 완벽하게 정적을 지킬 때였다.

"여러분 오늘 제가 부를 마지막 노래는 '감사'입니다. 저를 사랑해 주신 여러분께 그리고 저 때문에 힘이 들었던 그녀에게 이 곡을 바칩니다."

신은서는 저절로 떨리는 몸을 숨기지 못했다.

다른 곡을 부를 때와는 다르게 강도영은 오직 자신만을 바라보며 노래를 불렀다.

감미롭고 부드러운 음성으로 그는 자신을 향해 사랑을 고백하며 따스한 눈길을 던지고 있었다.

아닐 수도 있지만 그녀에게는 그렇게 느껴졌다.

얼마나 안타까운 시간들이었던가.

일본 공연이 끝난 후 양가 부모 상견례를 하겠다는 약속은 지켜지지 않았고 결혼에 대한 어떤 말도 꺼낼 수가 없었다.

더군다나 강도영은 그런 약속을 까마득히 잊어버린 사람처

럼 사건이 해결되자 콘서트를 진행했고 계속해서 김동혁 감독
의 신작 영화에 출연한다는 결정을 내렸다.

어떤 말도 하지 않았으나 속이 새카맣게 타들어갔다.

그의 여자가 되기를… 그의 아내가 되어 아침이 되면 같이
일어나고, 그를 닮은 예쁜 아기를 낳고 싶었으나 그는 모든 것
을 잊어버린 사람처럼 행동하고 있었다.

눈물이 핑 돌았다.

그는 자신의 마음을 알면서도 모른 체한 게 분명했다.

"저 때문에 힘들어했던 그녀에게 이 노래를 바칩니다."

그 한마디에 모든 것이 담겨 있었다.

그는 여전히 자신을 사랑하고 있으니 언제까지라도 기다릴
수 있다.

신은서는 눈물 속에서 무대에 시선을 던진 채 움직이지 않
았다. 자신을 향해 노래를 부르는 그의 모습을 단 한순간도
놓치지 않으려는 듯.

하지만 그 시선은 조용하게 서서 노래를 부르던 강도영이
걸음을 옮겨 자신에게 다가오는 것을 본 순간 당황스러움에
빠져들었다.

다가오면서 강도영은 자신에게 부드러운 미소를 짓고 있었다.

노래는 끝났다. 바로 신은서의 앞에서.

그리고 강도영은 노래가 끝나자 신은서의 앞에 한쪽 무릎을 꿇고 품에서 천천히 작은 상자를 꺼내 들었다.

신은서의 몸이 강도영의 행동을 보며 무섭게 떨렸다.

10만 관객이 모두 볼 수 있도록 카메라들이 두 사람을 클로즈업하고 있었는데 사람들은 강도영의 행동을 보면서 비명을 질러대는 중이었다.

강도영이 상자를 열자 그 속에서 반지를 나타났다.

"은서 씨, 너무 기다리게 해서 미안해. 이 반지를 지금 당신한테 끼워주고 싶은데 괜찮을까?"

"흐흑……."

신은서가 터져 나오는 눈물을 참지 못하고 두 손으로 얼굴을 가렸다.

그녀의 눈에서 흐르는 눈물은 강도영이 꺼내 든 반지의 영롱한 빛보다 훨씬 찬란하게 빛나는 것이었다.

*　　　　*　　　　*

콘서트 막바지에 벌였던 강도영의 이벤트가 대한민국 여자들을 몸살 나게 만들었다.

로맨틱의 극치.

상상 속에서 꿈꿔왔던 프러포즈를 신은서는 2번이나 받았으니 여자들에게는 공공의 적이나 다름없었다.

더군다나 그것도 강도영이다.

언론에서는 두 사람의 결혼이 금방 이뤄질 것처럼 호들갑을 떨었다.

텔레비전 프러포즈에 이어 콘서트 반지 이벤트까지 전 국민이 보는 앞에서 약속을 했으니 결혼은 시간문제로 보였다.

그야말로 세기의 결혼이다.

강도영은 두말할 것 없고 신은서 또한 절정의 인기를 얻고 있는 여배우였기 때문에 두 사람의 결혼이 결정되는 순간 해외 토픽에 날 일이었다.

콘서트가 끝나고 언론에서 두 사람의 결혼에 대해 연일 기사를 터뜨릴 때 강도영은 양가 부모들의 상견례 자리를 만들었다.

부모들까지 상견례를 가졌으니 언론의 예상대로 금방이라도 결혼 날짜가 잡힐 것 같은 분위기였다.

그러나 결혼이란 두 사람이 하겠다고 해서 손바닥 뒤집듯이 쉽게 결정되는 것이 아니었다.

신은서가 한 달 전 촬영을 시작한 드라마에 출연하는 중이었기 때문에 양가 부모와 협의해서 이듬해 꽃피는 4월로 결혼 날짜가 잡혔다.

그때밖에 시간이 없었다.

김동혁 감독의 신작 '청룡'이 7월에 크랭크인되는 것으로 계획되어 있었기 때문에 그 시간을 놓치면 결혼은 한참 뒤로 미루어져야 할 형편이었다.

비록 결혼이 6개월 후로 정해졌으나 그것만으로도 신은서는 행복한 웃음을 함박 지었다.

사랑의 결실이 맺어졌으니 이제 일을 하면서 기다리는 일만 남았다.

6개월 후, 드디어 그 사람의 아내가 된다.

더없이 매력적이고 부드러우며 인간적인 사람의 아내가 되어 평생을 살아갈 수 있다.

강도영은 신은서와 의견을 나눈 끝에 결혼 날짜가 잡혔다는 걸 발표하지 않기로 했다.

가뜩이나 언론에서 시선을 집중시키고 있는 두 사람인데 결혼 사실을 발표하면 6개월 내내 시달리게 될 것이 분명했다.

콘서트가 끝나고 강도영은 한가한 시간을 보냈다.

김동혁 감독의 영화 출연이 결정되어 있었기 때문에 다른 드라마나 영화는 생각하지 않아서 그의 스케줄은 3편의 광고 출연과 화보 촬영 정도가 전부였다.

사건이 터진 후 오랜 시간 집에 틀어박혀 칩거할 때는 마음의 여유가 없어 아무것도 할 수 없었다.

좋아하는 기타도 칠 수 없었고 오랜 시간 취미로 즐겨왔던 바둑조차 둘 수 없었다.

사람은 어떤 일에 고통을 받으면 즐거움을 느낄 수 없는 정신 구조를 가지고 있기 때문이다.

서현탁도 바쁘고 신은서도 바빴으니 놀아줄 사람이 없었다.

우습게도 서현탁은 요즘 상종가를 치고 있었다.

놈은 광개토대제에 이어 천년의 사랑에서 익살스러운 감초 연기를 선보여 얼굴을 알리더니 최근 2개의 드라마에 출연하는 중이었다.

그렇다고 혼자서 여행을 떠나는 것도 마땅치 않았기에 스케줄이 없는 날에는 집에서 조용히 영화를 보거나 좋아하는 바둑을 두었다.

바둑은 초등학교 때부터 배웠는데 외모 콤플렉스로 인해 그가 집안에만 틀어박혀 있자 강성두가 가르쳐 준 것이었다.

태어나 처음으로 재밌다는 것을 느꼈다.

물론 중학교에 들어가 기타를 배울 때도 마찬가지였지만 오랜 세월 지속해 온 바둑은 그에게 인내와 끈기를 직접적으로 가르쳐 준 선생님이었다.

집중은 사람을 변하게 만든다.

외모가 변하기 전까지 잘하는 게 없었던 강도영은 바둑만큼은 상당한 실력을 가졌는데 지금은 인터넷 바둑에서 5단을 놓고 둔다.

DNA가 바뀌면서 2단에 불과했던 기력이 상승했기 때문이다.

특별히 기원에 나가 배운 게 아니었으나 어려서부터 정석과 사활에 대한 공부를 멈추지 않았는데 머리가 각성된 후 바둑 실력이 일취월장했다.

그가 주로 찾은 바둑 사이트는 국내 최대 규모를 자랑하는 '미생바둑'이었다.

회원수가 30만에 달하는 사이트로 수많은 고수가 활보하는 곳이었다.

전적에 따라 승강이 결정되는 구조였기 때문에 한 판 한 판에 따라 단수가 조정되어 집중하지 않으면 금방 하수로 전락하는 흥미로운 체계를 가지고 있었다.

그의 아이디는 '미스터 K12'였다.

외모가 변하고 배우로서의 인생을 살면서 바둑 사이트를 자주 찾지 못했지만 강도영은 시간이 날 때마다 꾸준히 바둑을 즐겼다.

요즘 들어 승률이 최고조다.

고민이 해결되었고 결혼까지 결정되었기 때문인지 계속 승수가 쌓이면서 최근 한 달 동안 승률이 90%가 넘었다.

오늘도 불계승으로 바둑을 이겼다.

상대가 과도한 욕심으로 대마를 잡기 위해 무리한 수를 거듭하면서 바둑은 싱겁게 끝이 났다.

절제.

아무리 좋아하는 바둑이라도 강도영은 절대 하루에 2판 이상 두지 않았다.

그에게는 배우로서 해야 할 일들이 많았으니 취미에 모든 시간을 할애할 수 없기 때문이다.

이상한 메시지가 날아온 것은 사이트를 빠져나오려 할 때였다.

[미스터 K12 님 잠깐 대화할 수 있을까요?]

[누구시죠?]

[저는 프로 기사 서찬욱이라고 합니다. 혹시 아시는지 모르겠네요.]

[아… 알고 있습니다.]

서찬욱이라면 강도영도 알고 있는 유명한 프로 기사였다.

텔레비전 바둑 채널의 해설가로 자주 등장했고 프로 기전에도 출전하는 고수 중의 고수가 바로 그였다.

[미스터 K12 님의 성적이 너무 좋아서 불쑥 메시지를 드렸습니다. 제가 이렇게 메시지를 드린 건 아마추어 고수들을 상대로 JCN 바둑 채널에서 공인 아마추어 단증을 수여하는 도전 프로그램이 있다는 걸 알려 드리기 위해서였습니다.]

[도전 프로그램요? 그게 뭐죠?]

[저희 방송국이 주관하는 프로 기사와의 대국에서 이기면 바둑 협회가 공인하는 단증을 수여합니다. 물론 6점 접바둑입니다.]

[아, 엄청 어려운 일이군요.]

[어떠십니까. 한번 해보시겠습니까?]

[그런데 저를 어떻게 아시고……?]

[그동안 계속 지켜보고 있었습니다. 도전자들을 제가 섭외하는 게 임무라서요. 미스터 K12 님의 바둑을 3번 관전했는데 상당한 실력을 가지셨더군요.]

[제가 조금 바빠서 그러는데 대국은 언제 하는 거죠?]

[다음 주 수요일입니다.]

서찬욱이 날짜를 가르쳐 주자 강도영이 즉시 책상 위에 놓여 있는 캘린더를 확인했다.

다행스럽게 그날은 아무런 스케줄이 없는 날이었다.

잠깐 망설여졌으나 이내 결심을 굳혔다.

바둑을 두는 사람의 꿈은 프로 기사와 대결을 해보는 것이었다.

강도영 역시 그 범주에서 벗어나지 않았다.

신의 영역에서 노닌다는 프로 기사의 실력이 과연 어느 정도인지 직접 눈으로 확인하고 싶었다.

[좋습니다. 가겠습니다. 그런데 제가 어떻게 하면 되죠?]

[일단 저와 통화를 하면 좋겠습니다. 그러면 제가 상세한 일정에 대해서 말씀드리겠습니다.]

[알겠습니다.]

*   *   *

주말이 되어 오랜만에 찾아온 서현탁은 강도영이 책상에 앉아 뭔가를 열심히 바라보고 있는 것을 확인한 후 입을 떡 벌렸다.

강도영이 컴퓨터 화면으로 이전에 방송되었던 아마추어 도전 프로그램을 보고 있었기 때문이다.

"뭐 하냐?"

"보면 몰라. 공부하고 있잖아."

"그러니까 그걸 왜 보냐고. 바둑 두는 것도 모자라서 이젠 동영상까지 찾아서 보냐? 그러다가 프로 기사 되겠다고 설치는 거 아냐?"

"호호… 현탁아."

"이 자식이, 징그럽게 웃는 걸 보니 뭔가 있군."

"귀여운 놈. 눈치는 빨라가지고."

"뭐야, 그 늑대 같은 웃음의 정체가. 너 혹시 또 사고치려는 건 아니지?"

"내가 무슨 사고를 쳐. 이놈이 듣자 듣자 하니까 아주 웃겨."

"네가 한두 번 사고를 쳤어야지. 복면가왕 때도 그랬고 일본에서도 그랬고. 너 때문에 골머리 썩인 걸 생각하면 아직도 나는 네가 무섭다."

"그거, 통닭이냐?"

"그래."

"잘 사왔다. 우리 먹으면서 얘기하자. 점심을 안 먹었더니 배고파."

"어이구. 냉장고에 먹을 거 잔뜩 사다놨는데 뭐 하느냐고 밥을 안 먹어?"

오후 3시가 넘었는데 아직 밥을 먹지 않았다는 말에 서현탁이 바짝 인상을 썼다.

이놈은 그냥 내버려 두면 굶어 죽을 놈이다.

부랴부랴 사 온 통닭을 식탁에 차려놓자 어슬렁거리며 강도영이 나왔다.

게으른 놈.

서현탁이 사온 캔 맥주를 따서 앞으로 내밀자 강도영이 맛있게 통닭을 먹으며 맥주를 벌컥벌컥 마셨다.

그런 후 음흉한 미소를 지으며 서현탁을 바라봤다.

입에는 아직 통닭이 남아 있었는데 뭐가 그리 즐거운지 얼굴이 해맑게 부풀어져 있었다.

"이 자식이 정말 뭐가 있네. 말해봐. 무슨 짓을 꾸민 거야?"

"나, 텔레비전에 나간다."

"네가 무슨 텔레비전에 나가. 텔레비전이라면 몸서리를 치는 놈이."

"크크크… 정말이야. 다음 주 수요일에 녹화하기로 되어 있어."

"이 미친놈이 마치 진짜처럼 얘기하네. 네 스케줄은 내가 빠삭하게 꿰차고 있어. 사기 치지 마."

"인마, 진짜야. 다음 주 수요일에 JCN 바둑 프로그램에서 프로 기사와 대국하기로 했어."

"바둑? 너 같은 아마추어가 왜 텔레비전에서 바둑을 둬?"

"너 서찬욱이라고 알아?"

"걔가 누군데."

"하긴 네가 알 리가 없지. 먹는 거하고 노는 거 빼고는 아무것도 모르니까."

"이 자식아, 걔가 누구냐고!"

"유명한 프로 기사야. 그 사람이 나를 섭외했어. 내가 실력이 좋다면서 프로 기사한테 도전해서 이기면 공인 아마추어 단증을 준단다."

"환장하겠네. 그 사람은 네가 누군지 알고나 섭외한 거냐?"

"흐흐… 당연히 모르지. 그 사람은 오직 내 바둑 실력만 보고 연락을 한 거니까."

"에라이, 미친놈아."

"처음에는 메시지로 연락 와서 의향을 묻길래 고민하다가 한다고 했다. 프로 기사 실력을 정말 보고 싶었거든. 그래서 통화까지 했는데 전혀 모르더라."

"강도영이란 이름까지 말했는데?"

"응."

"아, 얘를 어쩌면 좋니. 너 이거 사장님이 알면 난리를 칠 텐데 괜찮겠어?"

"사장님한테는 전날 얘기할 거야. 미리 말하면 못 나가게 할 테니까."

"아주 지랄을 한다."

우걱우걱 통닭을 씹어 먹는 강도영을 보면서 서현탁이 하품을 했다.

강도영은 쉽게 말하고 있지만 이게 알려지는 순간 또 한 번 난리가 날 게 분명했다.

더군다나 정체조차 밝히지 않았으니 당일 바둑 두겠다고 강도영이 JCN 스튜디오에 나타나면 방송국 전체가 폭탄을 맞은 것처럼 휘청거릴 것이다.

이걸 어떻게 해석해야 하나.

이놈은 그 난리를 치고도 해맑게 바둑 둔다고 설치고 있으니 아무래도 철이 덜 든 게 분명했다.

＊   ＊   ＊

프로 기사 오선아는 25살로 5년 전에 입단해서 현재 프로 3단이었다.

국내 여자 바둑 랭킹 6위에 올라 있으나 그녀는 남녀 통틀어 바둑계에서 가장 유명한 기사 중의 한 명이었다.

프로 기사답지 않게 상당한 미모를 소유했기 때문이다.

바둑은 자신과의 싸움이었고 인내와 고통 속에서 스스로를 이겨내야 진정한 고수의 반열에 오를 수 있다.

프로 기사들 중 예쁜 미모를 가진 여자가 드문 이유기도 했다.

그러나 오선아는 오히려 독으로 작용될 수 있는 예쁜 미모를 극복하고 낙타가 바늘을 통과할 정도로 어렵다는 프로 기사 문턱을 가볍게 통과했다.

바둑에 입문한 지 13년 만의 성과였다.

공인 아마추어 1단은 순수 아마추어 5단을 가볍게 꺾는다는 것이 정설이었다.

그렇다면 프로 기사 1단은 공인 아마추어 몇 단과 비교될 수 있을까?

정답은 어떤 아마추어 고단자도 프로 기사를 꺾지 못한다는 것이다.

프로 기사는 수많은 고통의 세월 속에서 바둑 하나로 인생을 건 사람들이었다.

다시 말해 밥만 먹고 바둑을 두며 공부를 해왔으니 아마추어들은 절대 그들의 상대가 될 수 없었다.

오선아가 서찬욱의 전화를 받은 건 이틀 전이었다.

JCN의 아마추어 도전이라는 프로그램에 출연해 달라는 요청 전화였다.

망설였다.

전혀 득 될 게 없는 프로그램에 출연해서 어린아이 손목 비트는 짓을 하고 싶지 않았기 때문이다.

지금까지 수많은 도전자가 프로 기사들과 시합을 했으나 시험에 통과한 사람들은 단 두 명밖에 없었다.

그것도 출전한 프로 기사들은 여자 기사가 대부분이었다.

남자 프로 기사들의 기력은 여자 프로들보다 월등했기 때문에 정상급 기사들은 아예 이런 프로그램에 나서지 않는다.

거절하고 싶었으나 거절할 수 없었다.

서찬욱은 그녀가 도장에 다닐 때 직접 가르친 스승이기도 했기 때문이다.

어쩔 수 없이 허락을 하자 서찬욱은 도전자의 프로필을 간단하게 보내왔는데 인터넷 바둑 사이트에서 무려 승률이 90%를 넘는 강자라는 것이었다.

그러나 그녀가 주목한 것은 그의 이름이었다.

'강도영'.

이름은 본 순간 헛웃음이 나왔다.

그녀가 가장 좋아하는 슈퍼스타와 같은 이름이라니 너무나 어이가 없어 한동안 이름만 빤히 쳐다봤다.

*   *   *

바둑 녹화가 벌어지기 전날.

페이스 사무실로 강도영이 찾아가자 이승환이 윤철욱과 이야기를 나누다가 벌떡 일어났다.

강도영이 예고도 없이 방문했기 때문이다.

강도영이 움직이면 페이스 전체가 비상이 걸리기 때문에 그의 동선은 언제나 이승환의 손바닥 위에 있었다.

오늘은 강도영의 스케줄이 없는 날이었고 본가에 간다는 보고를 받았다.

하지만 이승환은 갑자기 나타난 강도영의 얼굴을 빤히 쳐다보다가 전혀 엉뚱한 이야기를 꺼냈다.

"벌써 밥 먹을 시간인가. 배고파서 왔니?"

"아직 4시밖에 안 됐어요."

"그럼 왜 왔어. 같이 밥 먹어줄 사람 없어서 온 거 아냐?"

"아닌데요."

"거참, 이상하네. 그 일 아니면 네가 올 일이 없는데……."

입으로는 농담을 하고 있으나 그의 얼굴에는 웃음기를 찾을 수가 없었다.

심장이 쿵 하고 떨어시는 느낌.

워낙 큰일을 겪었고 사건이 해결되기 전까지 마신 술만 따져도 소주 5짝은 될 것이다.

그러니 강도영이 사전 예고도 없이 갑자기 찾아오자 긴장감을 숨길 수 없었다.

그것은 윤철욱도 마찬가지였던 모양이었다.

"앉아서 할 얘기냐?"

"예."

"문 닫을까?"

"아뇨, 괜찮아요."

윤철욱이 열려 있는 문을 바라보며 묻자 강도영이 피식 웃었다.

강도영이 소파에 앉자 두 사람이 강도영을 빤히 쳐다보며 고개를 좌우로 마구 돌려대는 것이 보였다.

그렇지 않아도 강도영 때문에 두 사람은 머리를 맞대고 의논하는 중이었다.

2달 후로 다가온 강도영의 계약 만료는 지금 방귀깨나 뀐다는 엔터테인먼트 쪽에서는 빅뉴스였다.

어떤 놈들은 강도영이 와주기만 한다면 백지 계약서까지 내놓겠다는 지경이었기에 초긴장 상태였다.

그런 이야기가 들릴 때마다 심장이 벌렁거린다.

강도영을 믿었지만 사람 일은 어떻게 될지 모르기 때문에 대비책을 마련해야 한다.

지금 강도영과 페이스는 8 대 2로 계약이 되어 있었다.

다른 배우라면 몰라도 강도영 같은 슈퍼스타에게는 벌어들이는 돈의 20%가 결코 적은 돈이 아니었다.

만약 강도영이 돈에 환장해서 프로모션 비용을 전혀 받지 않겠다는 놈들에게 간다면 페이스는 대한민국 넘버원의 지위를 곧바로 상실하게 될 것이다.

"긴장하지 않아도 돼요. 저는 돈보다 사장님과 실장님이 좋습니다. 지금 말하면 값어치 떨어지겠지만 페이스와 재계약할 테니까 너무 걱정하지 마세요."

"인마, 바짝 쫄았잖아. 그럼 뭐 하러 왔어!"

"알려 드릴 게 있어서요."

"뭔데?"

"저 내일 JCN 바둑 채널에 출연해요."

"……."

강도영의 말에 두 사람이 동시에 꿀 먹은 벙어리로 변했다.

귀는 말짱한데 말귀를 못 알아먹었기 때문이다.

그런 그들을 향해 강도영이 말을 이어나가며 알아듣게 설명을 해줬다.

그러자 이승환의 얼굴이 서서히 일그러지기 시작했다.

"노영아, 너 정말 왜 이러니. 그냥 조용히 집에서 쉬면 안 되겠냐? 정 심심하면 우리 외국 여행이나 나갔다 오자. 아직 결혼식까지 시간이 많으니까 한 보름 정도 일정 잡아서 유럽이나 도는 건 어때?"

"누구하고요?"

"나랑 가자. 아니면 윤 실장하고 가든가."

"제가 왜 다 늙은 아저씨들하고 해외여행을 가요, 싫은데요."

"야!"

"별거 아니에요. 그냥 방송국에 가서 바둑 한 판 두고 오는 거니까 너무 신경 쓰지 마세요."

"이놈아 네가 뜨는데 별일 아닌 게 어디 있어. 일단 네가 뜨면 전부가 별일이 되는 거야. 그걸 왜 몰라!"

계산도 하지 않고 반대를 했다.

일본에서 하도 호되게 당한 전과가 있어 바둑 프로그램에 출연하는 것이 강도영에게 어떤 유불리가 있는지조차 생각하지 않으려 했다.

영화배우인 강도영이 전혀 쓸데없는 프로그램에 출연하는 것 자체가 마음에 들지 않았기 때문이다.

하지만 강도영은 조금도 물러설 기미조차 보이지 않았다.

"그래서 왔잖아요. 사장님한테 보고하러."

*　　　　　*　　　　　*

JCN의 바둑 채널은 세계 대회 및 국내기전를 생중계하기도 했지만 실전사활 등에 대한 강의와 대학동문전 등 아마추어 시합도 주최하며 다양한 프로그램을 만들어내고 있었다.

프로 기사와 아마추어의 대결을 추진한 것도 그런 다양성의 일환이었다.

처음에 기획할 때는 워낙 기력 차이가 나기 때문에 누가 볼까 하는 의구심도 가졌지만 막상 프로그램이 방영되자 바둑 팬들에게 커다란 호응을 얻었다.

프로 기사간의 대결이나 아마추어간의 시합에서 끌어내지 못하는 긴장감과 동질감, 그리고 재미가 있기 때문이었다.

서찬욱의 머리에서 나온 아이디어였다.

프로 9단인 서찬욱은 평소에 자주 인터넷 바둑 사이트를 찾았는데 상당한 실력의 아마추어들이 있는 걸 본 후 프로 기사와 대결해서 이기면 공인 아마추어 단증을 준다는 콘셉트의 프로그램을 PD에게 제의했다.

일은 일사천리로 추진되었고 그는 아마추어 고수들을 섭외하는 역할을 맡음과 동시에 프로그램에 참여해서 직접 해설자로 나섰다.

녹화 2시간 전에 나와 커피를 마시며 잡지를 보던 서찬욱은 뒤늦게 바둑 아나운서인 김혜경이 들어서는 걸 보며 방긋 웃었다.

김혜경은 프로 기사 출신으로 아나운서로 전업한 사람인데 요즘 JCN에서는 가장 잘나가는 아나운서 중 한 사람이었다.

"서 사범님, 일찍 오셨네요."

"응… 아직 도전자 얼굴을 보지 못해서 조금 일찍 나왔어. 하도 바쁘다길래 전화로 주의 사항을 알려줬지만 아무래도 불안하단 말이지."

"도전자가 사전 미팅에 나오지 않았단 말이에요?"

"바빠죽겠다는데 어쩌겠어. 그래서 오늘 조금 일찍 나오라고 신신당부했다. 아무래도 텔레비전 출연은 처음이니까 긴장해서 주의 사항을 까먹으면 큰일이거든."

"기본적인 룰은 숙지하고 있겠죠. 그리고 조금 실수해도 괜찮아요. 아마추어니까 우리가 이해해야죠, 뭐."

"그나저나 오선아는 왜 안 와. 1시간 전에 도착하라고 했더니 딱 시간을 맞추려는 모양이네."

"예쁘게 하고 오려나 보죠. 바둑 팬들에게는 워너비 스타잖아요."

"선아가 예쁘긴 예쁘지. 도전자가 걔 외모에 쫄아서 바둑을 제대로 둘지 모르겠다."

"호호… 그럴 가능성도 커요. 미모의 프로 기사 앞에서 어떤 남자가 당황하지 않겠어요. 그런데 피디님은 어디 가셨어요?"

"대국장 점검하러 간다더라. 곧 올 거야."

김혜경이 앉는 걸 보며 서찬욱이 한쪽에 마련된 다탁에 가서 커피를 직접 타 왔다.

후배에 대한 배려.

바둑계에서는 꽤나 고참이었지만 그의 나이는 이제 38살에 불과한 노총각이었기에 김혜경에 대한 사심도 포함되어 있는 행동이었다.

작은 성의에 김혜경이 더 큰 감사로 반응을 할때 문이 열리며 오선아가 들어왔다.

그녀는 화사한 분홍색 원피스를 입고 있었는데 날씬한 몸매의 굴곡이 그대로 나타나는 모습이었다.

하얀 얼굴에 긴 생머리, 청초함이 돋보이는 아름다움.

사내들의 가슴을 덜컥 떨어뜨리게 만들 만큼 그녀의 외모에는 특별함이 들어 있었다.

"아이고, 선아야. 너 누굴 죽이려고 이렇게 하고 왔어. 어디 선보러 가?"

"또 그러신다. 그럼 텔레비전에 나오는데 청바지 입고 와요?"

"너무 예뻐서 그러지. 그렇지 않아도 혜경이하고 너 때문에 도전자가 고생하겠다는 말을 했는데 큰일 났구만. 이러다가 녹화도 못 하는 거 아닌지 모르겠네."

"키킥… 하여간 사범님 말솜씨는 당해내지 못하겠어요. 혜경 언니?"

"응?"

"우리 사범님이 밥 샀어요?"

"무슨 밥?"

"야!"

서찬욱이 묘한 웃음을 흘리는 오선아를 향해 소리를 질렀다.

그녀가 자신의 약점을 찔러 왔기 때문이다. 워낙 예쁘게 하고 와서 놀렸더니 오히려 오선아는 약한 돌을 빌미 삼아 대마를 잡겠다고 덤벼들었다.

서찬욱이 두 손을 번쩍 들자 오선아가 득의의 웃음을 흘리며 손가락으로 총 쏘는 시늉을 했다.

함부로 까불지 말라는 시늉이었다.

오선아가 들어온 지 얼마 지나지 않아 담당 PD 윤석환이 문을 벌컥 열며 들어오는 게 보였다.

"아직 도전자 안 왔어?"

"아직인데요."

"찬욱아, 전화해 봐라. 이러다 늦겠다."

"형은 맨날 나만 부려먹어요. 그런 건 PD가 해야 되는 거 아니에요?"

"네가 섭외 담당이잖아!"

윤석환이 눈을 부라리자 서찬욱이 입술을 주욱 내밀며 자신의 휴대폰을 꺼냈다.

그러고는 부랴부랴 저장된 전화번호를 찾아내 통화 버튼을 눌렀다.

"여보세요, 강도영 씨. 지금 어디십니까?"

─거의 도착했어요. 5분 정도면 올라갈 수 있을 것 같네요.

강도영은 밴을 타고 JCN 바둑 방송 사옥에 도착해서 로비로 올라갔다.

이승환은 물론이고 윤철욱이 직접 따라온다고 했으나 강도영은 쌍수를 들어 반대했다.

이번 녹화는 자신의 취미 때문에 생긴 일정이었기에 최대한 은밀하게 참여하려고 매니저까지 밴에 남겨놨다.

하지만 그냥 있을 사람들이 아니다.

워낙 강도영이 거품을 물면서 반대했기 때문에 동행하지 않았지만 그들은 별도로 움직여서 따라올 게 분명했다.

사옥은 3층 건물이었는데 다른 방송국에 비해 그 규모가 게임도 되지 않을 만큼 작았다.

하긴 그럴 만도 하다.

오직 바둑 대국만 방송하는 곳이다 보니 사옥이 클 필요도 없었고 그럴 만한 이유도 없었다.

강도영은 평범한 외투 차림으로 걸어서 엘리베이터 앞에 섰다.

로비를 걷는 동안 사람들이 힐끔거렸으나 그가 전혀 눈조차 돌리지 않고 앞만 보며 걸었기 때문에 사람들은 고개를 갸우뚱거리다가 제 갈 길로 갔다.

아마 강도영이 이곳에 나타나리라고는 상상조차 하지 못했기 때문일 것이다.

엘레베이터를 타고 서찬욱이 가르쳐 준 대로 3층 대기실로 향했다.

이렇게 사람들의 관심을 받지 않고 다닌 게 얼마만의 일인지 모르겠다.

그가 움직일 때마다 수많은 기자와 팬들로 인해 제대로 걸어 나가지 못할 정도였는데 JCN의 바둑 방송 사옥에서는 전혀 그런 일이 벌어지지 않고 있었다.

3층에서 내려 좌우를 둘러보던 강도영은 지나가는 사람을 조심스럽게 불렀다.

대기실이 어딘지 알 수 없었기 때문이다.

"저기 말씀 좀 물을게요. 제가 오늘 아마추어 도전 프로그램에 출연하는데 대기실이 어디죠?"

"아, 예. 대기실은… 아니… 저 혹시 강도영 씨……?"

20대 중반으로 보이는 남자가 무심결에 대답하다가 강도영의 얼굴을 확인하고 말을 버벅거렸다.

그는 확신이 없었는지 이름을 불러놓고도 정신을 차리지 못했다.

"예, 맞습니다. 그런데 대기실은 어디죠?"

"저기 저쪽……."

남자가 귀신을 본 것 같은 얼굴로 손가락을 들어 오른쪽을 가리켰다.

그러고는 강도영이 사라지자 미친 사람처럼 어딘가로 뛰기 시작했다.

남자가 가리켜 준 곳으로 걸어가자 출연자 대기실이란 팻말이 써 있는 게 보였다.

똑, 똑!

노크를 하고 기다리자 안에서 소리가 나며 들어오라는 말이 들렸다.

문을 열고 들어서자 네 사람이 앉아서 커피를 마시는 게 보였다.

여자가 둘이고 남자가 둘이었다.

"안녕하세요. 저는 오늘 아마추어 도전 프로그램에 출연하기로 되어 있는 강도영입니다."

강도영이 인사하자 도전자가 온 줄 알고 일어서려던 서찬욱은 물론이고 소파에 앉아 있던 사람들의 몸이 얼음처럼 굳었다.

그들은 앉은 채 그대로 강도영을 바라보고 있었는데 서서히 얼굴 표정이 경악으로 인해 하얗게 질려갔다.

"혹시, 영화배우 강도영 씨 아니세요?"

"예, 맞습니다."

"그런데 어쩐 일로 여기에……"

금방 온 목적에 대해 말했는데도 서찬욱은 도저히 이해할 수 없다는 표정을 지은 채 더듬거리며 물었다.

그는 영혼이 가출한 사람처럼 정신을 차리지 못하고 있었다.

"녹화하러 왔습니다. 제가 오늘 도전자거든요."

다시 한 번 목적을 말하자 하얗게 얼굴이 질려 있던 사람들은 두 눈을 껌벅이며 아무런 말도 하지 못했다.

그들 역시 서찬욱처럼 아직도 이해되지 않는 모양이었다.

PD인 윤석환이 나선 건 그나마 방송 짬밥이 있었기 때문이다.

그 역시 놀람을 숨기지 못하고 있었으나 프로그램을 담당하는 사람으로서 슈퍼스타인 강도영이 왜 여기에 왔는지를 제대로 확인해야 했다.

"저기 강도영 씨… 여긴 바둑 방송 하는 곳인데요. 혹시 뭔가 잘못 알고 오신 거 아닌가요?"

"아뇨, 저는 서찬욱 사범님한테 직접 연락을 받고 왔습니다."

"그럼 그 도전자가 정말 강도영 씨란 말입니까?"

"예."

태연하게 대답하는 강도영을 한동안 멍하니 바라보던 윤석환이 뒤늦게 정신을 차렸는지 서찬욱을 향해 고개를 돌렸다.

그의 목소리는 잔뜩 떨려 나왔지만 이성은 칼날처럼 살아 나고 있는 것 같았다.

"찬욱아, 강도영 씨한테 주의 사항 좀 일러주고 있어. 난 국 장님한테 갔다 올게."

"아… 알았어요."

윤석환은 서찬욱이 대답하는 걸 듣는 둥 마는 둥 문을 향 해 뛰어나갔다.

하지만 문을 열었던 그는 동작을 멈추고 말았다.

어느새 문 앞에는 수많은 사람이 어떻게 알았는지 강도영 을 보기 위해 몰려들고 있었기 때문이다.

*   *   *

오선아는 강도영이 들어온 후 입을 떠억 벌리고 꼼짝도 하 지 않았다.

다른 사람들도 놀랐지만 그녀에 비하면 아무것도 아니었다.

강도영.

같은 이름이기에 세상 참 재밌다는 생각을 했는데 진짜 강 도영이 나타나자 기절할 것 같았다.

화면에서 본 것보다 더 잘생겼다.

사람한테서 빛이 난다는 이야기를 들어봤지만 진짜로 보는 건 이번이 처음이다.

뭐라고 설명해야 할까. 동화 속에 나오는 백마 탄 왕자라면 비교가 될지 모르겠다.

PD가 나가면서 사람들이 몰려들자 문을 닫아버린 후 서찬욱이 뒤늦게 정신을 차렸는지 강도영을 소파로 안내했다.

"처음 뵙겠습니다. 제가 연락을 드렸던 서찬욱입니다."

"알고 있습니다. 서 사범님은 제가 좋아하는 프로 기사라서 이전부터 잘 알고 있었어요. 만나 뵙게 돼서 영광입니다."

"이걸 뭐라고 말씀드려야 할지 모르겠네요. 도전자가 진짜 강도영 씨일 줄은 꿈에도 생각하지 못했거든요."

"취미로 바둑을 좋아했는데 저도 서 사범님이 이런 제안을 하실 줄은 몰랐네요."

"아, 참. 인사하시죠. 여기 계신 분은 바둑 아나운서 김혜경 씨, 그리고 이분은 오늘 강도영 씨와 대국을 하실 오선아 프로입니다."

"반가워요. 잘 부탁드리겠습니다."

서찬욱의 소개에 강도영이 두 여자를 향해 정중하게 고개를 숙여 인사를 했다.

그러자 김혜경과 오선아가 깜짝 놀라며 마주 고개를 숙였다.

"이렇게 강도영 씨를 직접 뵙게 될 줄 몰랐어요. 죄송한데 사인 좀 부탁드려도 될까요?"

김혜경이 가방을 뒤적거리더니 노트를 꺼내 강도영 앞으로 가져다 놓았다.

그녀는 미리 준비하고 있었던 듯 사인펜까지 꺼내 들었는데 전혀 거절하리라 생각하지 않는 것 같았다.

그 모습에 빙그레 웃으며 강도영이 사인을 해주자 김혜경은 보물처럼 노트를 가슴에 끌어안았다.

오선아가 손수건을 꺼내 강도영의 앞에 펼친 것은 김혜경이 사인이 든 노트를 받아 들고 기쁜 웃음을 지을 때였다.

"저는 오빠 왕팬이에요. 오래전부터 좋아해서 오빠가 나오는 영화와 드라마는 모두 소장하고 있어요. 그러니까 저도 사인해 주세요."

"하하하… 저도 오선아 씨 팬인데. 워낙 바둑도 잘 두시고 예뻐서 저도 오래전부터 오선아 씨를 좋아했어요."

"정말요?"

강도영이 사인을 하면서 말을 하자 오선아의 얼굴이 새빨갛게 변했다.

거짓말이라도 좋았다.

강도영 같은 슈퍼스타가 자신을 좋아하고 있었다는 말을 하자 당장에라도 하늘을 날아갈 것 같았다.

서찬욱이 대국에 대한 주의 사항을 말하기 전에 오선아는 핸드폰으로 강도영과 사진을 찍었다.

그러고는 서찬욱이 설명하는 동안 친구들에게 사진을 날린 후 강도영과 오늘 대국한다는 사진을 전파했다.

그러자 그녀의 핸드폰이 난리가 났다.

친구들은 강도영과 찍은 사진을 본 후 미친 듯이 카톡을 보내왔는데 하나같이 놀람에 가득 찬 반응이었다.

핸드폰을 소음으로 해놓은 오선아는 열심히 설명을 듣고 있는 강도영의 옆모습을 바라보며 감상에 들어갔다.

오뚝 솟은 코, 굳게 다물어진 입술, 부드러운 눈매.

어느 것 하나 예술 아닌 것이 없었다.

국장을 만나러 간다는 PD 윤석환이 다시 방으로 온 것은 그로부터 10분이 지났을 때였다.

그는 혼자 온 것이 아니라 국장을 대동하고 들어왔는데 국장 역시 강도영의 실물을 확인하자 당황스러움을 감추지 못했다.

일이 점점 커지기 시작했다.

어떻게 알았는지 지금 JCN 바둑 채널 사옥으로 수많은 기자가 벌 떼처럼 몰려드는 중이었다.

이윽고 시간이 되자 국장이 직접 안내를 맡아 강도영을 대국장으로 이끌었다.

대국장에는 심판과 계시원, 그리고 중계를 위한 카메라맨이 전부였다.

밖에서는 난리가 났지만 대국장은 방송국의 차단으로 인해 아무도 들어오지 못했다.

오선아는 강도영과 마주 앉자 심장이 두근거리는 걸 숨기지 못했다.

마치 꿈을 꾸는 것 같았다. 그녀의 생에서 가장 아름다운 꿈을 말이다.

"잘 부탁드립니다."

어쩜 목소리도 이렇게 감미로울 수 있을까.

강도영의 목소리는 여자들의 심장과 이성을 마비시킬 정도로 달콤하다.

"그럼 져드려요?"

"설마요, 선아 씨는 냉혹한 승부사잖아요."

강도영이 웃었다.

진심으로 말한 건 아니지만 강도영이 자신을 치켜세우며 그러지 말라는 완곡한 표현을 해오자 얼굴이 붉어졌다.

이윽고 카메라의 불빛이 들어온 후 심판의 대국 시작 지시에 따라 강도영이 바둑돌을 주욱 깔았다.

처음에는 여섯 점이라고 했는데 서찬욱은 이전 경기와의 형평성을 감안해서 다섯 점으로 내렸다고 했다.

화점사귀에 각각 하나씩 놓고 천원에 바둑돌이 놓여졌다.

강도영은 5개의 바둑돌을 놓은 후 물끄러미 오선아를 바라보았다.

귀밑에 흩날리는 머리카락. 나이보다 훨씬 어려 보이는 얼굴.

이렇게 예쁜 여자가 침묵의 도살자란 별명이 붙었다는 게 믿겨지지 않았다.

오선아의 가늘고 기다란 손가락이 천천히 움직이더니 우하변 화점에 날일자로 걸쳐왔다.

이번 대국은 프로 기사에게 절대적으로 불리한 규칙이 적용되고 있었다.

일단 5점 접바둑은 기본이고 시간조차 40초, 5번만 허락되기 때문에 20분이란 시간을 부여받은 강도영에 비해 오선아는 생각할 시간이 없었다.

강도영은 대국을 준비하면서 철저한 실리 작전을 구상했다.

프로 기사와 전투를 벌인다는 건 자살행위나 다름없는 일이었기에 최대한 집을 지키겠다는 작전을 펼치고자 했다.

딱, 딱.

초반 포석을 두는 동안 오선아는 강도영을 보면서 기절할 것 같았던 표정을 완벽하게 지우고 반상에 얼굴을 고정시켰다.

그녀는 집을 지키려는 강도영의 의도를 그대로 받아들이지 않고 계속해서 침투하는 작전을 펼쳐왔다.

프로 기사간의 대국이었다면 말도 안 되는 짓이었지만 오선아는 얼굴을 굳힌 채 연신 강도영을 압박해 들어갔다.

*　　　*　　　*

"지금 오선아 프로가 강도영 씨의 좌하변을 계속 공략하고 있는데요. 저 돌의 사활이 어떻게 될까요?"

"지금은 강도영 씨의 돌이 워낙 단단해서 죽지는 않을 겁니다. 문제는 이렇게 끊는 건데요. 만약 강도영 씨가 입구자로 막는다면 좌하변이 아니라 중앙의 돌이 위험해지죠. 성동격서의 전략을 펼치고 있는 거예요."

"아하, 그렇다면 어떻게 두어야죠?"

"위쪽으로 밀어야 합니다. 그렇지 않으면 위험해요."

"과연 강도영 씨는 어떻게 둘지 궁금하네요. 긴장되는 순간입니다. 강도영 씨의 장고가 길어지는데 사범님, 지금까지 90여 수가 진행되었는데 강도영 씨의 실력이 어느 정도일까요?"

"오선아 프로의 침투를 효과적으로 막아내고 있습니다. 철저한 실리주의 바둑을 두고 있는데 워낙 단단하게 두어서 오선아 프로가 긴장하는 모습이 역력하네요. 하지만 지금은 바둑 초반이라 어떻게 될지 모르겠어요. 원래 접바둑은 프로 기사가 여기저기 침투를 한 후 종반전에서 뒤집는 경우가 많거든요."

"사범님이 강도영 씨를 섭외했다고 들었는데 어떻게 된 건가요?"

"인터넷 바둑 사이트에서 강도영 씨는 월등한 승률을 가지고 있었어요. 미스터 K12라는 아이디를 쓰셨는데 그분이 강도영 씨인 줄은 정말 몰랐습니다."

"그럼 실력만 가지고 섭외를 하신 거네요?"

"그렇습니다."

"아, 강도영 씨가 착점을 했습니다. 입구자가 아니라 중앙 돌을 보강했네요. 사범님 말씀대로 위로 밀어 올리지 않고 중앙에서 한 칸 뛰었는데 저 수는 괜찮을까요?"

"음… 저런 수를 두는군요. 제가 봤을 때 가장 좋은 수는 위로 밀어 올리는 겁니다. 왜냐하면 위로 밀어 올렸을 때 이렇게 차단해 오면 역으로 공격이 가능한 수가 생기기 때문입니다. 그러나 강도영 씨는 중앙을 한 칸 뛰었어요. 이건 중앙 돌을 보강해서 살자는 수입니다. 오선아 프로의 공격을 미연에 차단하겠다는 생각이네요. 전투보다 사는 것을 우선하겠다는 뜻입니다."

"냉정하군요. 프로와 전투해서 득 볼 게 없다는 생각이죠?"

"저는 프로 기사이기 때문에 최선의 수를 생각하는 게 버릇이 되어 있습니다. 그런데 한편으로 생각해 보니 이런 접바둑에서는 밀어 올리는 수보다 한 칸 뛰어서 확실하게 사는 방법을 찾는 게 더 좋은 방법이라는 생각이 드는군요. 사회자님 말씀처럼 냉정한 수가 분명합니다."

*   *   *

강도영은 수가 진행될수록 숨이 막히는 것 같은 긴장감에 사로잡혔다.

오선아의 한 수 한 수는 가슴을 비수로 찌르는 것처럼 살기로 가득 차 있었기 때문이다.

바둑을 시작한 이 후 이런 살기에 찬 수법들은 처음이었다.

어느 것 하나 허투로 받을 수 없을 만큼 반상에 놓이는 백돌은 하나같이 흑돌의 숨통을 죄어 오는 것이었다.

150수가 진행되었을 때 대충 세어보니 20집 정도 이기고 있었다.

그러나 점점 바둑의 승패는 알 수 없다.

최선을 다해 방어를 하고 있었으나 오선아의 백돌이 놓일 때마다 자신의 우세가 조금씩 사라지고 있었기 때문이다.

오선아가 중앙 상변에 위치한 돌을 날일자로 끊어 오자 가슴이 답답해졌다.

당연히 중앙 상변은 살아 있는 돌이라 생각했는데 오선아
가 압박해 들어오자 사방이 온통 살기로 가득 찼다.

오른쪽 상변으로 도망가자니 끊어오는 게 두려웠고, 왼쪽
상변의 돌과 연결시키자니 잡은 백돌이 그 틈을 비집고 살아
나가는 수가 보였다.

이제 20분이나 주어졌던 시간을 전부 써버렸기 때문에 초
읽기에 몰려 있는 상태였다.

그럼에도 강도영은 한 번의 초읽기를 넘기고 장고를 거듭했
다.

이 돌이 죽으면 역전이 된다.

역전이 되는 순간 오선아를 이기는 것은 어렵다. 프로 기사
에게 끝내기에서 재역전을 시킨다는 건 불가능에 가까운 일
이기 때문이다.

강도영은 두 번의 초읽기를 넘기며 곰곰이 생각에 잠겼다가
세 번째 초읽기에 몰렸을 때 과감하게 날일자로 붙여온 백돌
을 향해 치받았다.

지금까지 계속해서 전투를 피해 왔으나 이번에는 피해서는
안 될 상황이었다.

한 번의 승부.

도망을 가기 위해 몸부림을 치다가 죽는 것보다 장렬하게

싸워서 산화하는 것이 최선의 선택이다.

더군다나 공격을 해 온 백보다 흑이 훨씬 두터웠기에 충분히 싸워볼 만했다.

＊　　　　＊　　　　＊

"강도영 씨가 치받았어요. 사범님의 말씀대로 사는 수를 확인했기 때문일까요?"

"지금은 싸우지 않으면 방법이 없어요. 제가 말씀드린 대로 적의 약점을 찔러 사로잡는 게 최선입니다. 문제는 제가 보여드린 수순을 강도영 씨가 정확하게 짚어나갈 수 있느냐는 건데요……."

"일단 치받았다는 건 그 수순을 밟기 위함 아닐까요?"

"이 수순은 12수를 내다봐야 합니다. 강도영 씨는 지금까지 전투를 피하면서 집을 확정시켜 우세를 유지해 왔잖아요. 하지만 지금은 전투밖에 방법이 없어요. 아마추어인 강도영 씨가 12수 앞을 내다보고 둔 거라면 정말 대단한 실력이라고밖에 설명할 수 없을 것 같네요. 아, 강도영 씨가 젖혔네요. 두 번째 수순까지 그대로 진행시켰습니다. 이거 정말 흥미진진한데요. 과연 마지막까지 둘 수 있을까요?"

"제가 다 가슴이 떨려요. 여기서 오히려 백을 잡는다면 바둑은 끝나는 거죠?"

"그렇습니다. 이 백이 잡히면 끝내기는 해보나 마나일 거예요. 강도영 씨가 워낙 단단하게 두었기 때문에 끝내기에서 만회할 곳이 별로 없습니다."

서찬욱이 말을 끝내며 자신의 입술을 혀로 핥았다.

긴장했다는 뜻이다.

지금 해설 장소에는 수많은 기자가 실시간으로 기보를 송부하면서 취재를 하고 있었는데 마치 세계기전의 결승전을 중계하는 것 같았다.

오선아가 강도영의 얼굴을 힐끔 바라보더니 젖혀 온 강도영의 흑돌을 끊었다.

그녀로서도 이 수밖에 없었다.

프로 기사간의 대결이라면 당연히 두어서는 안 되는 수법이었으나 강도영은 아마추어이기 때문에 실수할 가능성이 컸다.

단 한 수라도 강도영이 실수하는 순간 이 바둑의 승패는 뒤집어진다.

20집까지 뒤졌던 바둑은 종반으로 치달으며 12집까지 좁혀진 상태였다.

중앙의 흑돌 7개를 잡으면 그녀의 승리로 이 바둑은 끝난다.

바둑판 앞에만 앉으면 전사로 변한다. 그렇지 않았다면 그녀는 프로 기사가 되지 못했을 것이다.

침묵의 도살자란 별명은 바둑판에 앉았을 때 그 누구보다 집요하고 치열하게 전투를 치르면서 수많은 적을 쓰러뜨렸기 때문이다.

이기겠다는 생각을 한 이후부터 초조해졌다.

강도영이 아무리 슈퍼스타라 해도 바둑에서 진다면 프로 기사의 명예는 물론이고 자신의 자존심까지 상처를 받게 될 거란 걱정이 들었다.

믿겨지지 않을 정도로 탄탄한 바둑을 두는 강도영이 이해되지 않았다.

최선의 수는 아니더라도 강도영은 차선의 수를 계속 이어가며 전혀 패착의 실수를 작점하지 않았다.

*　　　　　*　　　　　*

"강도영 씨, 정말 대단하네요. 정확한 수순을 밟아가고 있습니다. 이제 감으로 모호하게 다가왔던 전투의 결과가 눈으로 보이기 시작했을 겁니다. 단 세 수, 여기서 끊고 이 돌을 이으면 백이 오히려 잡히게 됩니다."

"오선아 프로의 얼굴이 하얗게 굳어졌어요. 패배를 직감했기 때문일까요?"

"그렇습니다. 아마, 프로 기사간의 대국이었다면 저런 수를 두지도 않았겠지만 이런 상태까지 왔다면 돌을 던졌을 겁니다. 아, 말씀드리는 순간 강도영 씨가 끊었습니다. 오선아 프로 돌을 잡는 손이 떨리는 것처럼 보입니다. 이어도 흑돌이 밀면 이제 바둑이 끝납니다. 과연 강도영 씨가 밀까요?"

"아우, 떨리는 순간이네요. 제가 바둑을 진행한 지 벌써 3년째인데 이렇게 긴장되는 순간은 처음이에요."

김혜경이 침을 꼴깍 삼켰다.

강도영이 흑돌을 밀면 이제 바둑은 완전히 끝나게 된다.

이 수는 오래전 바둑을 그만둔 그녀뿐만 아니라 웬만한 아마추어 기사도 둘 수 있는 수였다.

그럼에도 강도영은 마지막 착점을 하지 않은 채 시간을 보내고 있었다.

뒤쪽에서 기보를 송부하던 기자들이 웅성거렸다.

그들 역시 바짝 긴장한 모습으로 강도영의 착점을 기다렸는데 화면에서 시선을 떼지 못하고 있었다.

드디어 강도영이 마지막 한 수를 두었다.

고립되어 있던 흑돌을 밀며 백의 숨통을 끊었던 것이다.

"와아!"

김혜경도, 서찬욱도, 그리고 지켜보던 기자들과 대국이 시작될 때쯤 도착했던 이승환과 윤철욱도 탄성을 질렀다.

오선아가 백돌을 들어 가볍게 던진 것도 그때였다.

그녀는 바둑에 진 것이 이해되지 않는다는 표정이었는데 습관처럼 자신이 패착을 짚어나가고 있었다.

$$* \qquad\qquad * \qquad\qquad *$$

그동안 아마추어 도전전은 대국이 끝날 때마다 인터뷰를 가졌다.

물론 두 대국자와 진행을 맡은 아나운서, 해설자와 갖는 간단한 인터뷰였다.

대국을 하면서 상대방에 대한 느낌과 바둑의 진행 상황을 간단하게 묻고 대답하는 시간이었는데 동상 그 시간은 5분을 넘기지 않았다.

하지만 이번 대국은 달랐다.

강도영과 오선아가 대국장을 빠져나왔을 때 불과 20명 정도만 수용하는 인터뷰실은 아예 기자들로 가로막혀 들어갈 수조차 없었다.

부랴부랴 JCN 측은 대강당을 열어 기자들을 한곳에 모았다.

기자들의 숫자는 무려 100명이 넘었고 심지어 각 텔레비전에서 특파원까지 날아왔기 때문에 중계 카메라가 곳곳에 설치될 정도였다.

지금도 뒤늦게 소식을 들은 기자들이 몰려드는 중이라 숫자는 계속해서 늘어나고 있었다.

인터뷰를 진행해야 할 서찬욱과 김혜경은 어이없게도 인터뷰를 당하는 입장으로 바뀌고 말았다.

기자들이 그들마저 인터뷰석에 앉혔기 때문이다.

강도영은 대국이 끝난 후 몰려든 기자들을 확인하고 황당한 표정을 숨기지 못했다.

새삼 이승환의 말이 생각났다.

'네가 뜨면 별일 아닌 것도 대단하게 큰일로 변한다'란 이야기가 말이다.

자리를 피할까란 생각을 하다가 그 마음을 접었다.

이렇게 많은 기자가 몰린 이상 그냥 가기는 어렵다는 생각이 들었다.

더군다나 바둑 채널에서 사전에 인터뷰를 해야 한다는 공지를 했기 때문에 그가 그냥 떠나 버리면 방송사가 난처한 입장에 빠질지도 몰랐다.

스스로 원해서 나온 자리였다.

강요된 자리가 아니었으니 마지막까지 최선을 다하는 게 사람의 도리다.

급히 만들어진 인터뷰석에 강도영을 비롯해서 오선아와 진행진이 앉자 기자들의 질문이 쏟아지기 시작했다.

"강도영 씨, 갑자기 바둑 채널에 출연하셨는데요 특별한 계기가 있었나요?"

"평소에 바둑을 좋아했고 프로 기사와 꼭 한번 대국하고 싶다는 생각을 가지고 있었는데 서찬욱 사범님이 제의를 해 오셔서 참여하게 되었습니다."

"서 사범님께 묻겠습니다. 서 사범님은 강도영 씨가 바둑 채널에 출연하는데 결정적인 영향을 미치셨습니다. 강도영 씨 같은 대스타를 섭외하게 된 동기는 뭡니까?"

비슷한 질문이다.

기자들은 강도영이 불쑥 바둑 채널에 출연하기까지 분명 특별한 사연이 있다고 믿는 것 같았다.

그러나 서찬욱의 표정은 바둑의 고수답게 포커페이스를 유지했다.

"동기는 없습니다. 저는 인터넷 바둑 사이트에서 상당한 실력을 보여준 강도영 씨가 도전자로 적합하다고 생각했을 뿐입니다. 저는 오늘까지 제가 섭외한 분이 강도영 씨라는 사실조차 모르고 있었습니다."

"그게… 정말입니까?"

"그렇습니다. 강도영 씨는 미스터 K12란 아이디를 쓰고 계셨는데……."

서찬욱이 놀라는 기자들을 향해 다시 한 번 확실하게 사실을 확인시켜 줬다.

스토리가 죽여준다.

누군가의 힘에 의해 출연한 것보다 더 극적이고 흥미진진한 이야기였다.

그랬기에 기자들이 신나서 펜을 놀리며 질문을 퍼부었다.

"오선아 프로 기사님께 묻겠습니다. 강도영 씨와의 대국에서 졌는데 혹시 일부러 져주신 건 아닌가요?"

"프로 기사는 절대 일부러 져주지 않아요. 오늘 저는 최선을 다해서 두었습니다."

"그럼 강도영 씨의 실력이 어떻던가요?"

"아마추어지만 탄탄한 실력을 가지고 계셨어요. 제가 어떻게 해볼 수 없을 정도로 바위처럼 강한 힘을 가지고 있었습니다."

"혹시 상대가 강도영 씨라는 것 때문에 심적으로 흔들리지 않으셨습니까?"

"처음에는 흔들렸어요. 여러분도 강도영 씨 앞에서 바둑을 둔다고 생각해 보세요. 하지만 저는 프로 기사예요. 바둑판에 앉으면 상대가 누구든 저도 모르게 전력을 다하는 게 몸에 배었기 때문에 초반이 지나고부터는 전혀 흔들리지 않았어요."

기자들의 질문은 끊임없이 이어졌다.

처음에는 바둑에 관한 이야기와 오늘 벌어진 대국으로 시작했던 인터뷰는 강도영의 다음 스케줄로 잡혀 있는 영화 청룡으로 옮겨갔고 심지어 신은서와의 결혼 이야기까지 번졌다.

거의 1시간에 가까운 인터뷰였다.

*   *   *

대국이 끝나고 인터뷰를 한 지 얼마 지나지 않아 인터넷이 뜨겁게 달아오르기 시작했다.

강도영이 바둑을 두었다는 소식만으로도 화제가 되기에 충분했는데 프로 기사까지 이겼다는 소식이 전해지자 사람들은 기사를 읽느라 정신이 없었다.

접바둑이었다는 것을 알면서도 사람들은 탄성을 감추지 못했다.

바둑을 두는 사람들도, 바둑을 두지 않는 사람들도 바둑이 얼마나 어려운 게임인지 안다.

오죽하면 옛날 사람들은 바둑을 수많은 귀계와 암계가 판치는 전쟁과 비교를 했겠는가.

그런 바둑에서 강도영이 상당한 실력을 선보이며 프로 기사를 꺾고 공인 아마추어 2단증을 획득하자 사람들은 열광

했다.

대리 만족이다.

꼭 내가 아니더라도 내가 좋아하는 사람의 성취는 기쁨과 즐거움을 주기에 충분한 것이었다.

정말 강도영은 양파와 같은 존재였다.

잠시도 언론을 그냥 내버려 두지 않고 끝없이 뉴스를 만들어내고 있었으니 이슈 메이커란 말이 더없이 어울렸다.

그것도 하나같이 사람들을 흐뭇하게 만드는 일들이었다.

대부분의 스타는 눈살을 찌푸리게 만드는 일로 언론을 장식했다.

스타들의 성폭행, 도박, 음주 운전, 폭행 등을 볼 때마다 국민들은 연예계에 만연하고 있는 불법 행위에 분노를 느꼈다.

그랬기에 강도영이 특별했다.

강도영이 사회적 약자 편에 서서 만들어내는 미담과 기부 행위들, 동료들과의 우정, 사랑하는 사람에 대한 정열, 국가를 위하는 진실된 마음들이 합쳐지면서 사람들은 강도영의 기사가 뜰 때마다 열광 속으로 빠져들었다.

하루 종일 강도영의 바둑 기사로 한바탕 난리가 난 후 사전 예고를 퍼부운 JCN은 저녁 10시부터 대국 장면을 방송했다.

말도 안 되는 이야기지만 강도영이 출연한 아마추어 도전 대국은 바둑 채널보다 JCN 공중파에서 먼저 방송이 되었다.

바둑 채널 쪽에서는 펄쩍 뛰며 안 된다고 버텼으나 자회사에 불과했기 때문에 JCN 본사 사장까지 나선 압박에 결국 굴복할 수밖에 없었던 것이다.

*　　　　　*　　　　　*

이승환은 인터뷰까지 끝나고 강도영을 집으로 돌려보낸 후 윤철욱과 회사로 들어와 언론의 동향을 파악하며 시간을 보냈다.

언론에서는 온통 호의와 호평 일색이었다.

도대체 자신은 전생에서 얼마나 잘 살았기에 이생에서 이런 복을 누리는 걸까.

강도영을 만난 것은 그의 인생에서 가장 커다란 축복이었다.

지난 7년 동안 강도영은 어떤 잡음도 발생시키지 않고 회사에 엄청난 이익을 가져다주었다.

일본에서 벌어진 악마 편집 사건으로 인해 잠시 국민들에게 욕을 먹은 적도 있었지만 그것마저 원본이 방송되면서 전화위복을 넘어 영웅으로 불리기까지 했다.

그야말로 탄탄대로다.

강도영이 보여주고 있는 사회적 약자를 위한 희생은 그의 인성과 결합되면서 엄청난 시너지 효과를 내고 있었다.

최근 자선 공연으로 벌어들인 돈까지 합해서 강도영이 기부한 금액이 무려 400억이 넘었다.

애써 자신의 기부 행위를 숨기려 했으나 엄청나게 발전된 인터넷 사회는 그의 천사 같은 행동을 그대로 노출되도록 만들었다.

인터넷 유저들은 그런 강도영의 행동을 보며 더 큰 사랑을 주었고 사회에 만연되어 있는 이기주의를 개탄하면서 있는 자들이 강도영 같은 삶을 살아가야 한다는 목소리를 높였다.

강도영을 만나면서부터 돈에 대한 구차함을 버렸다.

자신이 얻는 이익에서 얼마간 기부를 하기 시작한 것도 그 때문이다.

자신보다 어리지만 강도영의 가슴에는 그가 배워야 할 많은 것이 담겨 있었다.

"봐도 잘 모르겠네요."

"야, 5급이 뭘 알겠어. 그냥 해설이나 들어."

"허이구, 그러는 사장님은요. 뒀다 하면 저한테 지시면서 너무 큰소리치시는 거 아닙니까?"

"크크크… 그건 봐준 거지. 윤 실장이 워낙 고생하니까 스트레스 풀라고 져준 거야."

"행여나요."

"그나저나 저놈은 언제부터 바둑을 저렇게 잘 뒀는지 모르겠네. 바둑 둔다는 소리는 들었지만 저 정도일 줄 누가 알았겠어."

"그러게 말입니다. 사장님, 그런데 바둑 협회에서 해온 제안은 어떡하죠?"

"뭘 어떡해, 그냥 받으면 되지."

"감사장은 그렇다 치고 바둑 홍보 대사까지 요청해 왔어요."

"홍보 대사?"

"협회에서는 이 기회에 도영이를 활용해서 바둑 보급에 열을 올릴 생각인 모양입니다. 요즘 들어 바둑계가 침체되었잖아요."

"한다고 그래. 사진 한 장 찍어주면 되는 거잖아. 도영이 때문에 바둑계가 활성화된다면 좋은 일 아니겠냐. 도영이 이미지도 좋아지고."

"그럼 그렇게 하겠습니다."

"그런데 오선아가 예쁘긴 예쁘네."

"예쁘죠. 바둑 두는 여자들 중에서는 제일 예쁠걸요?"

"그럼 뭐 해, 도영이하고 눈도 못 맞추잖아. 쩝, 아깝다."

"뭐가요?"

"도영이가 은서하고 결혼하지 않으면 우린 최소 10년 정도

돈벼락을 맞고 살 거다. 여자들이 저렇게 좋아하는데 그렇지 않겠어?"

"버스 떠난 다음에 손 흔드시네요. 그럼 뭐, 도영이가 우리 때문에 파혼이라도 하라는 겁니까, 뭡니까?"

"이 자식아, 말이 그렇다는 거지. 어라, 얘 째려보는 것 좀 봐. 너 사장한테 이래도 되는 거냐?"

*   *   *

강도영은 일이 없을 때는 대부분 집에서 시간을 보냈지만 가끔가다 예전에 같이 촬영했던 사람들과 시간을 가졌다.

특히 김동혁 감독과 유혁은 자주 만나 시나리오를 손보는 작업에 동참했는데 생각보다 훨씬 재밌었다.

김동혁 감독이 계속해서 흥행 신화를 써 내려가는 건 연출 능력도 뛰어났지만 결정적인 건 그의 시나리오 능력 때문이었다.

매력적이다. 그리고 사람의 감정을 끝없이 자극하는 극적인 요소와 흥밋거리를 시나리오 전반에 담는다.

더군다나 스태프들은 물론이고 배우들까지 미팅하면서 자신이 만들어낸 시나리오의 약점을 계속 보완하기 때문에 촬영에 들어갈 때는 완벽한 시나리오가 탄생했다.

오늘은 제법 많은 술을 마셨다.

예전 자선 공연 때 약속했던 아이돌 그룹과의 술자리를 오늘 가졌던 것이다.

공연에 게스트로 출연했던 '허리케인'을 비롯해서 '샤크라', '비스트보이'는 자신 못지않게 바쁜 스케줄로 꽉꽉 차 있어 4달이나 지난 오늘에서야 자리를 마련할 수 있었다.

제일 나이 많은 친구가 27살에 불과했기 때문에 그들과의 술자리는 젊음이 넘쳐났다.

그들은 강도영이란 대스타와 술자리를 함께한다는 긴장감으로 인해 처음에는 잔뜩 경직된 모습을 보였으나 술이 몇 잔 들어가자 본래의 자유스러움을 마음껏 내보이며 연신 웃음꽃을 피워냈다.

특히 '샤크라'의 멤버들은 술자리 내내 강도영의 곁에 붙어 앉아 떠날 줄을 몰랐다.

4명으로 구성된 걸 그룹 샤크라의 멤버들은 가장 나이가 많은 강소영이 23살밖에 되지 않아 강도영과는 무려 10년 가까이 차이가 난다.

그럼에도 그녀들은 스스럼없이 강도영을 오빠라고 부르며 애교를 멈추지 않았다.

여자로서의 애교가 아니다.

그녀들은 곧 신은서와 결혼한다는 사실까지 알고 있었기에 술자리를 이용해서 강도영을 유혹할 엄두조차 내지 못했다.

그저 평소 선망의 대상으로 여겨온 강도영을 향한 존경과 사랑을 나타낸 것뿐이었다.

주는 술을 마다하지 않고 마셨기 때문인지 집으로 돌아오자 열이 오르기 시작했다.

예전에는 두주불사란 소리까지 들었지만 요즘 들어와서는 술이 약해진 느낌이었다.

느낌이 좋지 않더니 점점 열이 심해져 밤새 끙끙 앓았다.

이번에는 이전처럼 정신을 잃지 않았기에 무거운 몸을 이끌고 겨우 일어나 신은서가 가져다 놓은 곰탕을 데웠다.

몸이 아플수록 아침을 먹어야 한다.

억지로 곰탕을 먹은 후 다시 침대로 들어가 잠을 청했다. 하지만 오후가 될 때까지 열은 내릴 생각을 하지 않았다.

신은서를 비롯해서 5통의 전화가 왔지만 태연하게 전화를 받았다.

자신이 아프다는 걸 알면 세상이 온통 시끄러워진다는 걸 너무나 잘 알기 때문이었다.

가는 날이 장날이라고 오늘은 스케줄이 없기 때문에 아버지 기일이라는 매니저를 쉬게 해줬기에 열이 바짝 오른 몸을 이끌고 주차장에서 차를 꺼내 이병웅 박사에게 가려다가 방향을 틀어 가까운 S병원으로 방향을 돌렸다.

이병웅 박사는 이비인후과 전문이었으니 종합검진과는 거리가 먼 사람이란 생각이 불쑥 들었다.

요즘 들어 몸이 이상하다.

감기에 잘 걸리지 않았는데 불과 6개월 사이에 두 번이나 이런 일이 발생하자 종합검진을 받아봐야 되겠다는 생각이 들었다.

걱정이다.

굳이 표현은 안 했지만 자신의 몸은 타고난 것이 아니라 만들어진 것이기에 언제든 부작용이 생길 소지가 다분했다.

S병원은 국내에서 가장 좋다는 최고의 의료 시설을 갖춘 곳이었다.

당연히 예약을 하지 않으면 종합검진을 받을 수 없어 강도영은 김홍순 박사의 전화번호를 눌렀다.

김홍순 박사는 S병원 측에 소화암 환자를 위해 20억을 기부하면서 알게 된 사이였다.

강도영의 전화를 받은 김홍순 박사는 펄쩍 뛰었다.

그는 S대 부원장으로 내과 쪽에서는 국내 최고의 권위를 가진 사람이었지만 강도영은 온 국민의 사랑을 한 몸에 받는 스타였으니 전화가 왔다는 자체만으로도 황송한 일이었다.

아프다는 말을 들은 그는 지체 없이 강도영을 자신의 집무실로 올라오게 만들었다.

초췌해진 강도영의 모습을 확인한 김홍순 박사의 표정은 밝지 않았다.

"어디가 아픈 거죠?"

"몸에서 열이 심하게 나고 있어요. 6달 전에도 그랬는데 또 그러네요."

"허허… 우리 도영 씨가 아프면 안 되는데. 어디 잠깐 봅시다."

김홍순 박사가 체온계를 가져오더니 강도영의 온도를 체크한 후 청진기로 가슴을 진찰했다.

약식이다. 하지만 그 정도만 가지고도 충분히 상태를 알 수 있을 정도로 그는 다양한 경험과 실력을 가지고 있는 사람이었다.

"혹시 기침은요?"

"기침은 나오지 않습니다. 그런데 가슴이 조금 답답하네요."

"콧물이나 오한은 없나요?"

"몸이 떨리기는 합니다."

"음, 증상은 영락없는 감기군요."

"박사님, 이상하게 가끔 무력해지는 증상이 있어요. 6개월 전에는 정신까지 잃은 적도 있어서 불안하기도 해요. 제가 10년 정도 종합검진을 받은 적이 없는데 이번 기회에 한번 받았으면 좋겠어요."

"그럼 종합검진을 합시다. 나도 이렇게 약식으로 검사해서 소견을 내놓기는 찜찜하니까 세부적으로 한번 살펴보죠. 내일 시간이 되나요?"

"됩니다."

"그럼 내가 조치해 놓을 테니 내일 아침 9시까지 나와요. 어디 최고의 스타 강도영 씨의 몸이 얼마나 예쁘게 생겼는지 봅시다."

*   *   *

김홍순 박사의 지시대로 일찍 저녁을 먹은 후 저녁 9시부터 병원에서 준 약을 먹고 완전히 대장을 비웠다.

서현탁은 그가 종합검진을 받는다는 소리를 하자 아침부터 득달같이 달려왔는데 불안한 표정을 숨기지 못하고 있었다.

"이 자식아, 아픈데 왜 전화를 안 해?"

"바쁜 놈한테 무슨 전화를 해. 열이 올라서 그렇지 버틸 만했어."

"정말 괜찮은 거야?"

"응."

"종합검진은 왜 받는 건데?"

"그냥, 오랫동안 내 몸이 어떻게 변했는지 확인하지 못했잖

아. 그래서 받아보려고."

"정말이지?"

"너 그만 설레발치고 가라. 촬영 있는 놈이 왜 여길 와서 괴롭혀!"

"신경질 내는 거 보니까 살 만한 모양이네. 그럼 난 간다. 대신 은서 씨한테 전화해. 수면 마취 하면 당분간 정신없다고 그러더라."

"참 너도 오지랖 넓다. 내일은 내가 알아서 할 테니까 걱정하지 말고 가."

"알았어. 검진 끝나면 지체 없이 보고해. 궁금하니까."

서현탁이 사라지고 난 후 매니저와 함께 병원으로 향했다.

이승환은 강도영이 검진을 받는다는 매니저의 연락을 받고 펄쩍 뛰며 오겠다고 했으나 강도영이 간곡하게 말렸다.

어디 죽을병에 걸려서 수술받는 것도 아닌데 동네방네 소문낼 일이 아니란 판단이었다.

가족들이나 신은서에게 알리지 않은 것도 그 때문이다.

괜한 일로 걱정을 만들어주고 싶지 않았다.

9시부터 시작된 검진은 12시가 되어서야 끝이 났다.

위내시경은 물론이고 폐 CT, 전신 MRI, 대장 내시경, 갑상선과 전립선까지 몸 구석구석을 샅샅이 훑었다.

김홍순 박사가 찾아온 건 대장 내시경이 끝나고 수면 마취에서 깨어나 간신히 정신을 차렸을 때였다.

"도영 씨, 수고했어요."

"저, 괜찮나요?"

"하하… 이제 검진이 끝났는데 바로 알 수 있나요. 그런데
폐 쪽에 염증이 조금 있는 것 같아요."

"그게 뭐죠?"

"폐렴이라고 부르죠. 작으니까 너무 걱정하지 마세요. 일단
약을 처방해 줄 테니까 오늘은 돌아가시고 일주일 후에 다시
와요. 그때 상세하게 설명해 줄게요."

＊   ＊   ＊

강도영이 종합검진을 받았다는 소식을 들은 신은서는 촬영
이 끝나자마자 득달처럼 달려왔다.

밤 11시가 넘었을 때였다.

문을 열어주자 신은서가 보자마자 강도영을 향해 화를 내
기 시작했다.

"도영 씨, 내가 도영 씨에 대한 걸 꼭 현탁 씨한테 들어야겠
어?"

"…걱정할까 봐 그랬지."

"바보야? 도영 씨 바보냐고. 그럼 난 도영 씨가 행복하다는

것만 들어야 돼!"

"미안해… 촬영은 끝났어?"

"끝났으니까 왔지."

"밖에 춥지?"

아직도 눈을 흘기는 신은서의 손을 강도영이 따뜻하게 감싸 쥐었다.

그러자 신은서가 걱정스러운 눈으로 강도영을 올려봤다.

"결과 언제 나온대?"

"일주일 후에."

"의사가 뭐라고 한 말 없어?"

"없어. 열이 나서 병원 간 김에 받아본 거야. 의사 말로는 감기 같다네. 이제 열도 많이 내려서 괜찮아."

"좀, 사람 걱정하게 만들지 마. 왜 자꾸 도영 씨는 내 걱정을 키워, 바보같이. 도영 씨가 검진받는다고 미리 말해줬으면 나쁜 상상 같은 거 안 했을 거 아냐."

"걱정했어?"

"촬영하는 내내 불안하고, 초조하고, 도영 씨가 지금 어떤지 궁금해서 미치는 줄 알았단 말이야."

"하하하… 내가 잘못했어. 다시는 안 그럴게."

강도영이 손을 풀고 그녀를 안았다.

아직 추위 속에서 달려온 그녀의 몸은 차갑게 식어 있었다.

"내 품 따뜻하지?"

"응. 뽀뽀도 해줘."

"뽀뽀는 안 돼. 나 감기 걸렸어."

"도영 씨 감기라면 옮아도 좋아. 그러니까 해줘."

"그냥 이렇게 안고만 있자. 나 때문에 은서 씨가 아프면 안 되지."

"그래서 뽀뽀 안 해준다고?"

"응, 안 해줄 거야."

미소 띤 얼굴로 강도영이 말하자 신은서가 그의 품속에서 벗어났다.

그러더니 두꺼운 외투를 벗어 던지며 팔을 벌려 강도영의 품으로 다시 파고들었다.

"그럼 뽀뽀만 하지 말고 안아줘. 나 도영 씨 품에서 잠들고 싶어."

일주일은 금방 지나갔다.

서현탁도 신은서도 촬영 스케줄이 잡혀 있어 따라오지 못했다.

김홍순 박사의 집무실로 들어서자 예쁜 비서가 자리에서 벌떡 일어나 그를 방으로 안내했는데 강도영을 본 후로는 다리가 떨렸는지 걸음걸이가 부자연스러웠다.

문을 열고 들어서자 김홍순 박사가 소파에 앉아 있다가 그를 맞아들였다.

하지만 강도영을 맞이하는 그의 표정은 밝지 않았다.

"어서 와요."

"박사님, 잘 계셨죠. 검진 결과는 다 나왔나요?"

"일단 앉아요. 윤 비서, 차는 필요 없으니까 그만 나가봐요."

김홍순 박사가 따라 들어온 비서를 그냥 내보냈다.

그녀는 차를 준비하기 위해 서 있었는데 김홍순 박사는 차를 주문하지 않고 곧장 그녀를 돌아가게 만들었다.

그 모습을 보며 강도영이 얼굴을 굳혔다.

뭔가 느낌이 좋지 않다. 처음에 왔을 때는 차를 대접하기 위해 허둥지둥하던 김홍순 박사가 이런 반응을 보인다는 건 검진 결과가 좋지 않기 때문이라는 강한 예감이 들었다.

"박사님, 결과가 좋지 않나요?"

"음, 나는 지금 이해되지 않는 게 너무 많습니다. 평생을 의사로 살아오면서 수많은 증상을 봤지만 강도영 씨 같은 경우는 처음이에요."

"…많이 안 좋은가요?"

"일단 이 사진을 보시죠."

김홍순 박사가 검진 결과가 든 파일을 열었다. 그러자 거기에는 여러 장의 사진과 빽빽한 도표들이 담겨 있었다.

"내가 처음에 이야기했던 것처럼 강도영 씨에게는 폐렴이 있더군요. 여기 이 부분에 염증이 있는 겁니다. 문제는 혈액에 있어요. 강도영 씨의 혈액에 백혈구 수치가 현저하게 낮아진 상태예요. 백혈구 수치가 떨어졌다는 것은 강도영 씨의 몸에 이상이 있다는 것을 나타내는 것이죠. 그래서 우리는 암이 있을지 모른다는 판단을 내리고 철저하게 모든 기관을 살폈어요. 불행 중 다행으로 암은 발견되지 않더군요."

"그럼 괜찮다는 말씀인가요?"

"내가 강도영 씨 같은 경우는 처음 본다고 했던 것은 혈액에서 DNA 추출기로 뽑아낸 결과가 일반인들과 확연히 달랐기 때문이에요. 의사로서 정확한 진단을 내리기 어려운 증상인데… 강도영 씨의 DNA가 나쁜 쪽으로 변이를 일으키고 있습니다."

"그게… 무슨 말씀이신지……."

"정상적인 사람의 DNA가 변이를 일으키는 이유는 암세포가 활성화되기 때문이에요. 각종 발암 요소가 정상 세포를 변이시켜 암세포로 바꾸는 것이죠. 그런데 강도영 씨의 DNA 변이는 이유를 모르겠어요. DNA가 손상되었는데도 암세포는 발견되지 않았거든요."

"박사님, 저는 아직도 무슨 말씀인지 알아들을 수가 없네요. 그래서 제가 어떻게 된다는 거죠?"

"지금으로서는 어떤 말도 해줄 수가 없어요. 강도영 씨 같은 경우는 폭발되지 않은 시한폭탄을 몸에 지니고 있는 건데 이런 경우는 의학계에 아직까지 보고된 바가 없는 사례입니다. 상당히 위험한 상태지만 근본적으로 치료할 방법도 없어요. 내 추측이지만 폐렴이 시작된 것도 그 일환이 아닌가 하는 생각입니다."

"그럼 제가… 위험하다는 겁니까?"

"미안하지만 그것도 확인해 줄 수 없군요. 시간이 얼마가 될는지 모르나 이런 상태로 계속 진행된다면 어떤 일이 발생할지 알 수 없어요."

김홍순 박사의 말을 들으며 강도영이 천천히 눈을 감았다.

어렵게 말을 하고 있지만 그는 자신이 불치병에 걸렸다는 말을 하고 있는 것이었다.

그것도 언제 죽을지 모르는 불치병을 말이다.

강도영이 충격에 사로잡혀 입을 다문 채 눈을 감자 김홍순 박사의 입에서 안타까운 음성이 이어졌다.

"도영 씨, 일단 희망을 가지세요. 먼저 폐렴부터 치료하고 근본적인 치료법을 강구해 봅시다. 아직 증세가 나타나지 않고 있으니까 우리에겐 시간이 있어요."

"알겠습니다. 박사님, 제 몸이 급격하게 문제가 생기면 얼마나 버틸 수 있을까요?"

"글쎄요, 아직 암이 활성화되지 않았기 때문에 뭐라 단정 짓기는 어렵군요. 다만, DNA의 손상이 상당 부분 진행되어 급격하게 나빠질 수도 있어요."

"시간… 시간을 말해주세요."

"강도영 씨는 근본적으로 DNA가 변이를 일으키고 있기 때문에 언제든지 다양한 증세로 나타날 수 있을 겁니다. 대체적으로 암은 발병 후 3년에서 5년 사이에 사망하게 되는데 사람마다 다를 수 있어요. 그러나 강도영 씨에 대해서는 정말 뭐라 말할 수 없군요. 이렇게까지 DNA가 손상되었는데도 발병하지 않았으니 말이에요."

"그 말씀은 반대로 더 빨리 죽을 수도 있다는 뜻이군요."

*   *   *

강도영은 매니저에게 강촌으로 가자고 말했다.

신은서가 그곳에서 촬영을 하고 있기 때문이었다.

서울에서 벗어나 강촌으로 가는 국도에 들어서자 그림같이 아름다운 경치가 나타나기 시작했다.

강물이 흘렀고 아직 녹지 않은 눈이 뒤덮여 산을 하얗게 물들이고 있었다.

멍하니 창밖을 바라보았다.

이제 꽃다운 33살의 나이였는데 죽음이 찾아오고 있다니 아직도 믿겨지지 않았다.

죽음.

그 옛날 못생긴 외모로 인해 삶의 희망이 없었던 시절 간절히 원하던 단어이기도 했지만 지금은 간절히 피하고 싶은 두려움이었다.

S병원을 나온 후 김홍순 박사의 소견서를 들고 국내 탑이라는 5개의 병원을 찾았지만 모든 병원의 결과는 똑같았다.

자신의 DNA가 점점 변이를 일으켜 상당 부분 손상되었다는 것이었다.

희망을 가지고 찾았던 다른 병원에서 똑같은 소견이 나오자 강도영은 그날 저녁 혼자 한강변을 찾아 한없이 걸었다.

그러고는 원 없이 울었다.

무슨 인생이 이래. 내가 무슨 잘못을 했다고 나한테 이러는 거야.

하나님, 도대체 왜 저한테 이러시는 겁니까!

열심히 살았잖아요. 최선을 다해서…….

울면서 하늘에 있는 누군가를 향해 소리를 고래고래 질렀다.

욕을 했고 비난을 했으며 주먹을 휘둘렀다.

그러고는 마지막에 살려달라고 애원을 했다.

"제발, 하나님 저 좀 살려주세요. 더 착하게 살겠습니다. 한 번만 살려주시면 불쌍한 사람들을 도와가며 더 열심히 살겠습니다. 그러니 저 좀 제발… 흐윽!"

*　　　*　　　*

강촌에 도착하자 매서운 바람이 불어왔다.

도로에 차를 세운 후 천천히 걸어가자 많은 사람이 몰려 있는 게 보였다.

워낙 많이 해본 것이었기에 촬영장의 풍경은 누구보다 잘 안다.

춥겠다.

아직 추위가 기승을 부리는 2월이었으니 강바람이 불어오는 강변에서 촬영하는 건 고통스러운 일이었다.

신은서가 출연하는 드라마는 재벌가의 남자와 사랑을 이루어 나가는 여자의 순애보가 주 내용이었는데 오늘 촬영은 남자와 함께 즐거운 한때를 보내는 장면이었다.

강도영이 다가갔어도 촬영에 정신이 팔린 사람들은 돌아보지 않았다.

그랬기에 강도영은 그들 뒤에 서서 남자의 팔짱을 낀 채 활짝 웃으며 걷고 있는 신은서의 모습을 바라보았다.

아름답다. 그리고 너무나 사랑스럽다.

얼굴에 담겨 있는 맑고 밝은 웃음, 정숙한 걸음걸이, 남자의 팔짱을 낀 채 행복한 표정을 짓고 있는 그녀의 모습 하나하나가 전부 사진을 찍는 것처럼 잔상을 남기며 그의 눈으로 들어왔다.

"어… 어, 어어어……."

스태프로 보이는 여자는 뒤통수가 가려웠던지 뒤를 돌아보다가 강도영을 확인한 후 벙어리 냉가슴 앓는 소리를 냈다.

그녀는 한참 동안 말을 하지 못했는데 대신 옆에 있는 남자를 손으로 잡아당겨 자신의 놀라움을 표현했다.

남자가 돌아봤고 곧이어 그 옆에 선 사람들이 돌아보면서 그녀와 비슷한 표정을 만들었다.

촬영을 방해하려던 것은 아니었지만 스태프들이 모두 강도영에게 정신을 팔자 자연스럽게 촬영이 중단되고 말았다.

스태프들의 행동으로 인해 컷을 외친 감독이 인상을 썼기 때문에 강도영은 미안한 표정으로 허리를 깊게 숙였다.

"감독님, 죄송합니다. 본의 아니게 촬영을 방해한 것 같습니다."

"하하하… 이게 누굽니까. 강도영 씨, 여긴 웬일이요?"

"저 사람 촬영하는 거 구경하려고 잠깐 왔습니다."

"어이쿠, 그렇지."

뒤늦게 신은서가 강도영의 연인이란 사실을 떠올린 감독이 어색한 웃음을 지었다.

그사이에 신은서가 멀리서 100m 선수처럼 뛰어오는 게 보였다.

바보같이 그러다가 넘어지면 어쩌려고. 뭐가 급해서, 왜 그렇게 서두르면서… 뛰어오는 거야.

말없이 뛰어오는 그녀를 바라보았다.

더없는 반가움으로, 더없는 사랑으로, 더없는 그리움을 담은 채 다가오는 그녀가 마치 신기루처럼 보였다.

그렇게 오지 마. 그렇게… 오지 마, 은서야…….

＊   ＊   ＊

은서는 바보처럼 마냥 좋아했다.

촬영장에 강도영이 나타난 게 처음이었기 때문인지 그녀는 한동안 옆에 붙어 서서 떨어질 줄 몰랐다.

하지만 촬영이 남았기에 할 수 없이 돌아가야 했다.

그녀의 촬영은 이번을 포함해서 단 2회만 남았을 뿐이다.

가장 바쁜 시기였고 몸도 마음도 지쳐 있을 때였다. 그럼에도 그녀는 틈만 나면 전화해서 2달 후에 다가온 결혼 준비에 대해 조잘거리며 끊임없이 이야기를 했다.

돌아가던 그녀가 자꾸 고개를 돌려 자신을 쳐다봤다. 마치 강도영이 금방이라도 사라져 버릴 사람처럼.

그녀의 돌아선 모습을 보던 시선이 뿌옇게 흐려졌다.

기다리라는 그녀의 말을 듣지 않은 채 곧장 차를 타고 서울로 돌아왔다.

흐르는 눈물을 닦지 않았다.

창밖으로 보이는 아름다운 정경이 눈물에 가려 보이지 않을 만큼 많은 눈물을 흘리며 강도영은 그렇게 갔던 길을 되돌아왔다.

　　　　*　　　　　*　　　　　*

자신의 상태를 안 이후 수많은 고통과 번민의 시간을 보냈다.

살고 싶다는 열망, 살 수 있다는 희망, 그리고 끝끝내 다가오는 죽음에 대한 두려움과 함께.

병원에 다녀온 후 한 달 동안 김홍순 박사를 여러 번 찾았지만 그는 안타까운 표정으로 자신을 제대로 바라보지 못한 채 희망을 잃지 말라는 말만 거듭했다.

최선을 다해 찾아내겠다던 치료법을 아직까지 찾아내지 못했다는 뜻이었다.

김홍순 박사를 만날 때마다 살 수 있다는 희망이 점점 희미해져 갔다.

다른 병원의 박사들은 최초 진찰자가 김홍순 박사라는 말을 듣고 고개를 절레절레 흔들었는데 국내는 물론 세계 전체를 통틀어도 그를 따라갈 의사가 별로 없기 때문이었다.

그만큼 그는 의학계에서 인정받는 최고의 권위자였다.

의사들의 의견을 종합해 본 후 치료를 위해 외국으로 나가는 것조차 포기하고 말았다.

지푸라기라도 잡고 싶었으나 모든 의사가 강도영의 상태는 의학계에 전혀 보고되지 않은 희귀 증세라 외국에서도 치료법이 없다는 말을 전했기 때문이다.

결국 최선의 방법은 누군가가 치료법을 개발할 때까지 자신의 몸이 버텨주기를 간절히 바라는 것뿐이었다.

사람은 절망의 시간이 길어지면 포기라는 단어를 생각하게 된다.

그러고는 결국 순순히 그 단어를 받아들이며 삶을 정리하는 수순을 밟는다.

강도영도 마찬가지 과정을 거치고 있었다.

한 달이 지나면서부터 그는 자신의 삶을 정리하기 시작했다.

한여름 밤의 꿈.

기적적인 우연과 필연이 겹치면서 외모가 바뀌었고 10년이란 세월을 황홀하게 보낼 수 있었다.

예전의 그였다면 절대 상상할 수조차 없는 삶이었다.

하나님이 정해준 운명을 바꾼 것은 다른 누구도 아닌 바로 자신이었다.

스스로 운명을 바꾸었으니 누구를 탓할 수 있단 말인가.

눈을 감고 과거의 그에게 스스로 물어봤다.

이렇게 일찍 죽는다 해도 지금처럼 살고 싶은지에 대한 질문을 던졌다.

결론은 그럴 것이라는 대답이었다.

사람들이 경원시했던 못생긴 외모를 지닌 채 살았다면 신은서같이 천사 같은 여자를 만난다는 건 불가능한 일이었을 것이다.

이승환도, 김동혁도, 유혁도 그리고 수많은 배우와 그를 사랑했던 팬들 역시 그를 기억할 수 없을 테지.

천 년을 하루같이 산다는 말이 있다.

자신이 그렇게 살았다.

외모가 변한 후 운명이 준 삶에 충실히 살기 위해 최선을 다했으니 지금 당장 죽어도 후회는 없을 것 같았다.

이런 사랑, 이런 추억, 이런 행복을 기억하며 죽을 수 있다면 그것만으로도 자신의 생은 충분한 가치 속에서 죽음을 맞이할 수 있을 거란 생각이 들었다.

그러나 가슴이 아픈 것도 사실이다.

자신의 죽음 앞에서 통곡을 할 부모님과 동생, 평생을 함께 해 온 친구 서현탁을 생각하면 두려움과 무서움이 물밀듯 밀려온다.

그리고 마지막 한 사람, 신은서.

그녀를 만나고 온 세상이 아름다움으로 물들었다. 사랑이란 건 그 자체만으로도 한없는 설렘과 기쁨을 주는 것 같았다.

그녀와 약속한 결혼 날짜를 불과 두 달밖에 남기지 않은 상태에서 자신은 죽음 앞에 직면해 있었다.

헤어진다는 건 상상조차 하지 않았으나 점점 시간이 지날수록 냉정해져야 한다는 생각이 커지기 시작했다.

그녀는 분명 자신이 시한부 인생을 산다는 걸 알면서도 결혼을 강행할 게 분명했다.

그렇겠지, 분명 그럴 것이다.

죽음이 가까워질수록 더없이 외로워질 테니 그녀가 옆에 있는 것만으로도 많은 위안을 받을 수 있겠지만, 두려움과 외로움을 완화시키기 위해 그녀를 옆에 둔다는 것은 이기적인 짓에 불과했다.

홀로 남아야 할 그녀의 고통.

자신은 잠시 동안 외로움에 젖어 있다가 가면 그만이었으나 그녀는 수십 년의 남은 인생을 눈물 속에서 보내게 될 것이다.

*　　　　　*　　　　　*

그녀로부터 연락이 왔다.

신은서는 드디어 어제 모든 촬영이 끝났다면서 이제부터 자유라며 환호성을 질렀다.

당장 만나자고 했다.

그동안 결혼 준비를 제대로 못했기 때문에 촬영하는 동안 불안했다며 당장 만나서 이야기를 나누자는 것이었다.

그녀는 들떠 있었다.

앞으로 다가올 행복이 그녀의 음성에 가득 담겨 있었다.

집으로 오겠다는 그녀를 달랜 후 자주 가는 카페를 약속 장소로 잡고 옷장에서 가장 편한 옷을 꺼내 들었다.

그러고는 거울 앞에 섰다.

아직도 거울 속에는 여전히 잘생기고 멋진 외모를 지닌 자신의 모습이 그대로 들어 있었다.

한참 동안 거울 앞에 서서 자신의 얼굴을 들여다보던 강도 영이 천천히 다가가 머리로 가려진 이마를 쓰다듬었다.

언제부턴가 이마 가운데를 관통하며 희미하게 푸른 반점이 생겼기 때문이다.

징조일까……. 그럴 수도 있겠다. 죽음의 징조는 악마의 숨결처럼 끈적거리며 천천히 다가온다고 했으니까.

카페로 들어서자 먼저 와 있던 신은서가 환한 웃음으로 그를 맞아들였다.

그녀는 강도영을 보고 자리에서 벌떡 일어나 달려왔는데 마치 전쟁터에 나갔던 연인을 마중하는 것처럼 보였다.

"사람들이 봐."

"보면 어때, 우린 결혼할 건데."

"은서 씨, 일단 자리에 앉자."

슬그머니 품에 안긴 그녀를 떼어내고 강도영이 먼저 예약해 둔 자리에 앉은 후 옆자리에 앉기 위해 다가온 신은서를 손으로 막아 앞에 앉도록 만들었다.

"도영 씨, 왜 그래?"

"옆에 앉으면 은서 씨 얼굴을 보면서 이야기할 수 없잖아."

"피이, 그렇게 내가 보고 싶었으면서 전화도 안 했단 말이야?"

"미안해."

"도영 씨, 오늘 이상해. 무슨 일 있어?"

뒤늦게 느낀 모양이다.

그녀는 어두워져 있는 강도영의 얼굴을 확인하고 슬그머니 목소리를 낮췄다.

"나 바쁜데 은서 씨한테 할 말이 있어서 잠깐 나온 거야."

"그게 무슨 소리야. 오늘 도영 씨 스케줄 없잖아?"

"있어. 바쁜 일이."

"…그게 뭔지 물어봐도 돼?"

"아니, 묻지 마, 은서 씨……."

"잠깐만, 바쁘면 오늘은 그냥 들어가는 게 좋겠어. 나중에 이야기해."

강도영이 본론을 꺼내기 위해 입을 열려 하자 신은서가 손을 들어 그의 입을 막았다.

본능적인 불안감 때문에 자신도 모르게 한 행동이 분명했다.

지금까지 강도영은 이런 표정을 지은 적이 없었기에 그녀의 표정은 점점 불안감에 젖어 들고 있었다.

그러나 강도영은 물러서지 않았다.

"오늘 꼭 할 이야기야. 그러니까 들어줬으면 좋겠어."

"도영 씨, 나 무서워. 그런 얼굴을 하고 있으니까 겁난단 말이야."

가슴이 먹먹하게 아프기 시작했다.

그녀의 불안해하는 얼굴을 바라보는 것만으로도 앞으로 일어날 일에 대한 두려움이 무섭게 몰려오기 시작했다.

이를 악물었다. 여기서 물러나는 순간, 자신은 그녀를 지옥의 구렁텅이로 몰아넣게 된다.

"우리 결혼, 없었던 것으로 하자."

"그게… 무슨 소리야. 도영 씨… 왜 그래?"

"오랜 시간 동안 은서 씨와 나와의 관계에 대해서 생각해 봤어. 내가 과연 이 여자를 사랑하는 게 맞는지에 대해서. 결혼 날짜가 다가올수록 그 의문이 점점 커져서 견딜 수가 없었어. 언제나 내 머릿속에서 내려진 결론은⋯⋯."

"그만… 그만해!"

"마저 들어."

"거짓말하지 마. 도영 씨가 날 사랑하지 않는다는 이야기를 하려는 거야? 그걸 지금 나한테 믿으라고?"

"은서 씨… 오래 생각해서 어렵게 말하는 거야."

"어떤 여자가 그 말을 믿어. 도영 씨가 날 바라보는 눈이 지금 어떤지 알아? 여자는… 무서운 직감이 있어. 이 남자가 날 사랑하는지, 아니면 다른 여자를 사랑하는지 단박에 알 수 있단 말이야. 도영 씨가 지금 하는 말은 전부 거짓말이야."

"그렇게 믿고 싶은 거겠지."

"정확한 이유를 말해. 그러면 결혼을 뒤로 미룰 수 있으니까. 대신 말한 이유가 내 기준에 맞지 않으면 나는 무조건 결혼할 거야. 내가 얼마나 기다려 온 결혼인데… 내가 얼마나 기다려 온 사랑인데 그런 소리를 해. 도영 씨, 나 아파… 아파서 죽을 것 같아. 그러니까 장난이라고 말해줘. 장난 맞지?"

"미안하다."

"미안하긴 뭐가 미안해!"

"사실은 나… 좋아하는 사람이 생겼어. 운명 같은 사랑이라는 거 믿지 않았는데 그녀를 만나고 나서 알겠더라."

"흐흑… 그걸 말이라고 하니. 도영 씨, 도대체 나한테 왜 그러는 거야. 내가… 뭐 잘못한 거라도 있어? 만약 그런 게 있었다면 내가 다 고칠게. 그러니 제발……."

"사랑은 구걸하는 게 아니래. 은서 씨, 미안하지만 은서 씨도 내가 늦게 만나 사랑을 찾은 것처럼 은서 씨를 사랑해 주는 남자 만났으면 좋겠어."

그녀가 울고 있었다. 애타는 눈빛으로 자신을 한없이 바라보며.

하지만 강도영은 그녀의 눈에서 흘러내리는 눈물을 닦아주지 않았다. 대신 냉정한 목소리로 그녀의 가슴에 대못을 박아 넣었다.

"오늘 이후로 전화 같은 거 하지 마. 해도 받지 않을 거니까. 헤어질 때 구질구질하게 구는 여자는 정말 밥맛이라고 하더라. 내 말 이해할 걸로 알고 그럼 먼저 일어설게."

바람이 불었다.

울고 있는 그녀를 두고 일어서는 강도영의 모습은 바늘로 찔러도 피 한 방울 나지 않을 것처럼 차가운 바람을 불러 일으켰다.

일어서는 것을 보며 눈물로 범벅이 된 신은서가 잡기 위해 몸부림을 쳤으나 강도영은 그녀를 뿌리치고 가차 없이 카페를 나섰다.

*   *   *

서현탁은 촬영을 마치고 집에서 가족과 쉬다가 강도영의 전화를 받았다.

힐끔 시계를 보자 저녁 11시가 다가오는 시간이었다.

조금 있으면 잠자리에 들 시간이었지만 강도영의 목소리를 들은 서현탁은 전화를 끊자마자 옷을 갈아입고 뛰기 시작했다.

전화로 들려온 강도영의 목소리는 하얗게 질려 있어 금방이라도 무슨 짓을 벌일 것 같았다.

차를 몰고 강도영이 있다는 감자탕집으로 향했다.

그들이 어렸을 때 자주 가던 서초동의 감자탕집은 유흥가와 가까워 24시간 영업을 하는 곳이었다.

길가에 대충 차를 파킹한 서현탁은 급하게 감자탕집의 문을 박차고 들어가 강도영을 찾았다.

손님은 세 개의 테이블에만 있었기에 강도영을 찾는 건 어려운 일이 아니었다.

저 자식이…….

맨 구석 자리에 등을 대고 앉아 있는 강도영의 허리가 잔뜩 굽어져 있었다.

걸어가며 확인한 식탁에는 먹다 남은 감자탕과 3병이나 되는 빈 소주병이 덩그렇게 놓여 있었는데 나머지 한 병도 반이나 마신 상태였다.

"도영아, 나 왔다."

"뭐 하러 왔어. 그냥 집에 있지."

"네가 불렀잖아, 인마!"

"내가? 술 마시다가 생각나서 전화한 거뿐이야. 우리 현탁이 얼굴 생각나서……."

"지랄한다. 뭐 술을 이렇게 많이 마셨어. 안 좋은 일 있냐?"

"응."

너무 쉽게 대답하는 강도영의 모습에 서현탁이 얼굴을 찡그렸다.

15년을 붙어 다녔어도 이런 모습은 처음 본다.

강도영은 워낙 신중했기 때문에 어떤 일을 하든 쉽게 긍정하거나 부정하지 않는 성격이었다.

"한잔 줘라."

서현탁이 잔을 내밀자 강도영이 반밖에 남지 않은 소주병을 들어 잔을 채웠다.

그러고는 그를 바라보며 바보처럼 웃었다.

"역시 친구가 최고야. 전화 한 통에 이렇게 달려오고."

"마셔, 그리고 말해. 무슨 일이 있었는지."

서현탁이 단숨에 소주를 입으로 털어 넣은 후 빤히 강도영을 바라보았다.

그러자 강도영도 자신의 잔을 비우고 서현탁에게 시선을 던졌다.

허무하나, 그리고 외로움에 가득 찬 시선이었다.

"현탁아, 나 오늘 은서 씨하고 헤어졌어."

"그게 무슨 개소리야!"

"결혼 안 하기로 했다."

"은서 씨가 파혼하자고 그랬단 말이냐?"

"아니."

"그럼 네가 그랬다고?"

"응."

"이 미친놈이 무슨 소릴 하는 건지 모르겠네."

"오랫동안 생각해 왔는데 최근에 들어서야 확신이 서더라.

내가 은서를 사랑하지 않는다는 걸 말이야."

"이 자식아, 너 무슨 일 있구나. 그렇지?"

"무슨 일?"

"이 세상에서 너를 가장 잘 아는 사람이 누군 것 같냐. 바로 나다. 그래서 넌 귀신은 속여도 나는 못 속여. 솔직히 말해. 너는 절대로 그럴 놈이 아니니까 은서 씨가 문제였던 모양이군. 혹시 은서 씨가 바람피웠냐. 그걸 네 눈으로 본 거야?"

"바보 같은 놈."

"그럼 뭐야, 이 새끼야. 그토록 죽자 사자 사랑한다더니 갑자기 사랑이 아니라면 그걸 누가 믿어. 말해, 진짜 이유가 뭐야!"

*　　　　*　　　　*

강도영은 신은서에게 이별을 통보한 후 제주도에 내려가 호텔에 자리를 잡았다.

집에 파혼 사실을 말하자 부모님은 한동안 충격 때문에 아무 말도 하지 못했다.

그럼에도 죄송하다며 강도영이 고개를 숙이자 더 이상 묻지 않고 그를 보내주었다.

집의 현관문 비밀번호를 바꾸고 전화기도 새로 장만해서

신은서와의 인연을 완벽하게 차단했다.

분명 그녀는 매일 집으로 찾아와 울면서 그를 기다릴 것이다.

아프더라도, 힘들더라도, 보고 싶어도 끝내 참아야 한다.

자신의 삶이 얼마 남지 않았다는 사실을 서현탁에게 말하지 않았다.

놈은 신은서와의 사랑이 식었기 때문에 헤어졌다는 그의 말을 믿지 않고 추궁을 했으나 그저 마음이 변했다는 변명으로 일관했다.

서현탁이 자신 때문에 아프기를 원하지 않았고 남은 삶이 얼마나 될지 모르지만 자신이 사랑했던 사람들과 지금까지 살아왔던 것처럼 아무런 변화없이 행복하게 일하다가 삶을 마감하고 싶었다.

예상했던 것처럼 신은서는 그를 찾아 미친듯이 헤매고 있었다.

서현탁의 말에 따르면 매일 집 앞에서 서성였고 본가에도 여러 번 갔다고 했다.

당장에라도 그녀에게 달려가 차가워진 몸을 안아주고 싶었으나 이를 악물며 참았다.

자신의 판단이 맞다.

지금 그녀가 느끼고 있는 고통은 나중에 겪어야 할 고통에

비한다면 아무것도 아니었으니 차가운 단절만이 유일한 방법이었다.

서현탁은 그가 묵고 있는 제주도 호텔로 풀방구리처럼 드나들었는데 처음에만 신은서에 대해 이야기를 했고 다음부터는 아예 입을 다물어 버렸다.

제주도의 바다와 함께 생각을 정리하며 시간을 보냈다.

영원히 흐를 것 같지 않았던 시간도 하루하루 꾸준하게 흘러갔다.

언론에서는 그와 신은서의 이야기가 나오지 않았다.

다행이다.

결혼 날짜는 잡았으나 언론에 알리지 않았기 때문에 그들은 두 사람의 관계가 어긋났다는 걸 아직 눈치채지 못하는 것 같았다.

언젠가는 알려지겠지만 덜 아프고 덜 힘들 때 알려지기를 원했다.

두 달이란 시간은 지겨움을 이겨내고 훌쩍 지나갔다.

김동혁 감독에게서 연락이 온 것은 어제 오후 무렵이었다.

드디어 영화 청룡이 크랭크인을 시작하니까 정리하고 올라오라는 내용이었다.

강도영은 짐을 싼 후 호텔에서 보이는 바다의 풍경을 바라보며 마음을 굳게 다 잡았다.

이렇게 산다. 이렇게.

얼마나 시간이 주어질지 모르지만 최선을 다해 마지막까지 살아갈 것이다.

*   *   *

영화 '청룡'은 베트남전이 주 무대였기 때문에 촬영의 대부분을 베트남에서 시행하는 것으로 되어 있었다.

당연히 주연은 강도영이었고 유혁과 서현탁을 비롯해서 상당히 많은 개성파 배우가 출연하는 것으로 계획되어 있었다.

대본 리딩을 시작으로 영화의 진행은 한 치도 빈틈없이 진행되었다.

김동혁 감독이 10개월 동안 준비한 스케줄 표는 정교하게 짜여 마치 톱니바퀴처럼 돌아가기 시작했다.

'청룡'은 총제작비 400억에 천 명의 엑스트라가 동원되는 대규모 전쟁 영화였다.

당연히 '청룡'은 크랭크인부터 언론의 집중 조명을 받았다.

일단 주연을 강도영이 맡았다는 것부터가 화제였고 흥행 보증 수표 김동혁 감독이 메가폰을 잡았기 때문에 언론은 청룡의 제작에 초미의 관심을 보였다.

영화의 내용도 흥미진진했다.

베트남전에서 악마로 불렸던 막강 해병 청룡부대의 최정예 특수타격대 '유령'의 활약을 다룬 전쟁 영화였으니 소재부터 관객들의 관심을 단숨에 끌어당겼다.

강도영이 주연을 맡은 유태산 대위는 막강 해병 청룡부대원 중에서도 최고의 전사로 손꼽히는 장교였다.

각종 특수전과 폭파, 침투, 무술 등 모든 면에서 그의 능력은 발굴을 자랑했다.

그가 이끄는 '유령' 부대원들도 정예 중 정예들만 뽑아 꾸민 전사들이었다.

일당백의 용사들.

유태산을 중심으로 움직이는 '유령'은 적의 진지에 침투, 지휘부를 사살함으로써 전쟁의 판도를 바꾸어놓는 역할을 맡았다.

그들이 마지막에 사지로 내몰린 것은 전쟁에 진 미군이 안전한 철수를 위해 전쟁의 사신이라 불리는 '유령'을 적진 깊숙이 파견해서 최고사령부 공격 명령을 내렸기 때문이다.

'유령'은 적들의 지휘부를 전멸시키는 성과를 거뒀으나 퇴로가 차단된 채 하노이 외곽의 야산에서 수많은 적에게 포위당한다.

그러고는 마지막 한 사람까지 장렬하게 싸우다 산화한다는 게 영화의 핵심 내용이다.

서로의 죽음을 지키기 위해 스스로 목숨을 던지는 전우애, 전쟁의 비참함, 그리고 국가에 대한 충성.

다른 나라의 전쟁에서 아무런 원한도 없는 적들과 싸우다 죽어가는 젊은이들의 모습을 통해 다시는 이런 역사의 과오를 거듭하지 말자는 교훈도 들어 있는 영화였다.

＊   ＊   ＊

강도영은 대본 리딩을 끝낸 후 서현탁과 함께 영화사 건물을 빠져나오다가 급하게 다가오는 유태희를 발견하고 걸음을 멈추었다.

그녀는 여전히 특유의 환한 웃음을 지은 채 다가왔는데 전혀 스스럼없이 강도영에게 손을 내밀어 악수를 청했다.

주간 영화에서 강도영을 전담하고 있는 그녀는 다른 기자들에게 스토커라고 불릴 정도다.

그녀와는 정말 오래되었다.

벌써 6년을 봐왔고 워낙 성격이 밝아서 강도영과 친구처럼 지내는 기자였다.

"우리 오랜만이네요. 그동안 저한테 보고도 안 하고 어디 갔었어요?"

"제주도에 있었습니다."

"홍, 꽁꽁 숨어 있었군요. 그것도 모르고 난 서울 천지를 헤 맸잖아요."

"그래서 그런가 몸매가 더 예뻐졌네요. 역시 살 빼는 데는 걷는 게 최고예요. 그렇죠?"

"하이고, 전 안 그래도 날씬하거든요!"

유태희가 강도영을 곱게 째려봤다.

여전히 그녀와의 대화는 즐겁다. 강도영을 대하면서도 이렇 게 스스럼없이 편하게 대하는 기자는 그녀가 유일했다.

"그래, 여긴 웬일입니까. 오늘 김석영과 윤미라 결혼 때문에 연예부 기자들은 모두 청담동에 가지 않았어요?"

"전 강도영 씨 전담이라니까요. 두 사람 결혼이 중요하긴 해 도 저한테는 강도영 씨가 더 소중해요."

"그러다 밥줄 끊깁니다. 특급 스타들 결혼도 취재하지 않는 단 말이에요?"

"호호호, 전 강도영 씨가 나타난 게 더 큰 뉴스예요."

그녀가 유쾌하게 웃으며 강도영의 손을 잡아끌었다.

어디 조용한 데 가서 인터뷰하자는 의미였다.

아무리 자신한테 집중한다 해도 특급 스타인 김석영과 윤 미라의 결혼을 취재하지 않는 건 이해되지 않는다.

말이 그렇다는 거지, 기자가 스타 한 명에게 매달린다는 건 있을 수 없는 일이기 때문이었다.

"저 오늘 바빠서 시간 많이 못 냅니다. 유 기자님이 아무리 맛있는 거 사줘도 안 돼요."

"어머, 결혼식에도 참석하지 않고 여기까지 왔는데 차를 못 마시겠다는 거예요? 정말 너무해요."

"미안합니다. 오늘은 정말 바쁜 일이 있어요."

"알았어요. 그럼 저기서 잠깐만 이야기해요."

그녀는 영화사 로비 한쪽에 마련된 간이 커피점 의자로 강도영을 이끌었다.

그러고는 소소한 질문을 하다가 끝내 신은서의 이야기를 꺼내기 시작했다.

"은서 씨는 잘 만나고 있어요?"

"그건 왜 묻죠?"

"언제 결혼하나 궁금해서 그렇죠. 도대체 두 사람 언제 결혼해요?"

"노코멘트."

"정말 이럴 거예요? 그동안의 정분을 생각해서라도 저한테는 귀띔해 줄 수 있잖아요."

"하하하… 우리가 정분난 사이라고요? 손도 못 만졌는데 언제 정분났어요?"

"악수하면서 수도 없이 만졌잖아요."

"그건 인사한 거죠."

"자, 만져요. 그동안 순결을 지키려고 노력했는데 아직도 정분이 안 났다니까 특별히 한번 만지게 해줄게요."

유태희가 입을 삐죽이 내밀며 자신의 손을 내밀었다.

워낙 친한 사이기 때문에 장난 삼아 내민 손을 강도영은 자신의 손으로 천천히 어루만졌다.

마치 연인처럼 부드러운 미소를 지은 채.

"태희 씨 손이 참 부드럽네요."

"와, 도영 씨. 이거 뭐 하는 거죠? 난 은서 씨가 아니라구요!"

"정분나자면서요. 오늘은 이걸로 끝내죠. 한 가지 부탁을 더 들어주면 나중에 제일 먼저 알려줄게요."

"뭔데요?"

"태희 씨 한번 안아봅시다. 그리고 저기까지만 어깨에 손 올리고 가게 해줘요."

*   *   *

신은서는 대본 리딩이 끝나기를 기다리면서 로비에 우두커니 서 있었다.

날벼락 같은 이별 통보를 받은 후 두 달 동안 미친년처럼 살았다.

믿겨지지 않았다. 자신을 사랑하지 않았다는 그의 말이.

6년이란 긴 시간을 사랑해 오면서 강도영이 자신을 사랑하지 않을 거란 생각은 단 한 번도 한 적이 없었다.

그는 그만큼 그녀에게 특별했고 아름다운 사랑을 주었던 남자였다.

이별 선언을 한 후 사라진 그를 찾기 위해 매일 집 앞에서 서성거렸다.

반드시 만나야 했다. 만나서 진짜 이유를 듣고 싶었다.

운명처럼 나타난 여자를 사랑하게 되었다는 그의 말은 거짓임이 분명했다.

지금까지 강도영은 어떤 여자가 나타나도 돌부처처럼 외면하며 오직 자신만을 사랑해 온 사람이었다.

그러나 강도영은 바람처럼 사라진 후 나타나지 않았다.

현관문의 비밀번호도 바꾸었고 본가에도 발길을 끊어버렸다.

강성두와 정영숙은 아들과 이별한 그녀를 박대하지 않고 안타까운 시선으로 지켜만 보며 오랜 세월 며느리라 생각했던 신은서를 위로하느라 정신이 없었을 뿐이었다.

그런 그들도 강도영이 어디로 갔는지 알지 못했다.

부모한테까지 말을 안 했다는 건 신은서의 간절한 애원을 착한 성품을 지닌 그들이 견디기 어려울 거란 판단 때문임이 분명했다.

2달이란 세월을 지옥 속에서 보내며 그녀는 태어나 처음으로 끔찍한 고통을 견뎌내야 했다.

불면의 시간들.

먹어도 먹는 게 아니었고 살아도 사는 게 아니었다.

시간이란 괴물은 사랑을 잃어버린 그녀에게 결코 치료약이 될 수 없었다.

그러던 어느 날, 영화 '청룡'의 대본 리딩 일정이 잡혔다는 소식이 알게 된 후 미친 듯이 뛰어왔다.

보고 싶었다. 이별이란 잔인한 말을 들었음에도 그의 선한 웃음과 자신을 한없이 사랑스럽게 바라보던 그의 시선을 보지 못하면 견딜 수가 없을 것 같았다.

얼마나 기다렸을까.

엘리베이터의 문이 열리며 강도영과 서현탁이 로비로 나오는 게 보였다.

그러나 다가갈 수 없었다.

영화 기자들 중에서 꽃 중의 꽃이라 불리는 유태희가 먼저 강도영에게 다가가는 게 보였기 때문이다.

기자가 나타난 이상 행동에 조심을 기해야 했다.

지금까지 이별 선언을 받았지만 어떤 기자들에게도 자신들의 이야기를 한 적이 없었기에 두 사람이 헤어졌다는 기사는 난 적이 없었다.

단순한 취재라고 생각하며 지켜보던 신은서의 눈이 점점 커져갔다.

강도영이 유태희의 손을 사랑스럽게 어루만지더니 일어나면서 진하게 포옹하는 장면이 눈으로 들어왔다.

그러고는 정겹게 팔로 어깨를 두른 채 로비를 가로지르며 걸어 나갔다.

저게 뭘까… 저게……

충격으로 아무 말도 나오지 않았고 꼼짝할 수조차 없었다.

강도영은 운명적인 사랑이 다가왔다고 말했지만 믿지 않았다.

사랑이란 결코 쉽게 변하지 않는다는 믿음을 가지고 있었기 때문이다.

*   *   *

베트남으로 떠나던 날 강도영은 출구 게이트에 서서 멍하니 누군가를 찾았다.

공항에 도착해서 수많은 기자와 팬들에게 둘러싸였지만 그의 눈은 줄곧 누군가를 찾고 있었다.

다른 여자를 안고 있는 모습을 보면서 그녀는 어떤 심정이었을까.

애써 보지 않았기에 신은서의 얼굴을 확인할 수 없었지만 그녀가 얼마나 커다란 상처를 받았을지 짐작이 갔다.

울었을 것이다. 주저앉아서. 서럽게……

유태희의 뒤쪽 기둥 뒤편에 서 있는 그녀를 먼저 발견한 것은 그였다.

그녀는 흰색 원피스를 곱게 입고 있었는데 오랜 고통으로 인해 얼굴이 초췌하게 변해 있었다.

자신을 얼마나 오래 기다렸는지 그녀는 다리를 주무르며 창밖을 바라보고 있었다.

몸이 부르르 떨렸다.

달려가 그녀를 뜨겁게 안고 왜 서서 기다렸냐며 화를 내고 싶었다.

얼마나 보고 싶던 얼굴이었던가.

단 한순간도, 그녀를 잊지 않았고 단 한순간도 사랑하지 않은 적이 없다.

은서야… 은서야.

오지 않는다.

오늘 영화 '청룡' 촬영을 위해 그가 베트남으로 출국한다는 건 뉴스에도 나왔기 때문에 알고 있었을 텐데 신은서의 모습은 그 어디에도 보이지 않았다.

"도영아, 누구 기다리는 사람 있어?"

"아니."

"은서 씨냐?"

"……."

"도대체 너희들 사이에 무슨 일이 일어났는지 정말 모르겠다. 아직도 말하고 싶지 않아?"

"인마, 헤어진 사람을 왜 자꾸 들먹거려. 사람 이상해지게."

"지금 네 모습을 봐라. 이상한 건 너야. 네가 삼류 싸구려 배우냐. 기껏 사랑했던 여자 앞에서 신파극이나 펼치고. 이 자식아, 지금까지 안 그러더니 왜 그래?"

"가자, 사람들 기다리잖아."

"내가 친구로서 충고 한마디 하자. 후회할 짓 하지 마라. 인생에서 가슴속에 상처로 남는 후회를 만드는 건 정말 멍청한 짓이다. 그러니까 도영아, 은서 씨가 무슨 잘못을 저질렀는지 몰라도 다시 한 번 생각해 봐. 아직도 너는 은서 씨를 애타게 기다리고 있잖아!"

*   *   *

베트남에서의 촬영은 상상 이상으로 힘들었다.

평균 기온이 30도를 훌쩍 넘었고 촬영을 할 때마다 모기가 극성을 부려 가만히 앉아 있으면 온몸에 달라붙을 정도였다.

베트남 전쟁 영화의 특성답게 밀림에서의 촬영이 많았기에 스태프들과 배우들의 고생은 말로 다 표현하지 못할 정도였다.

그나마 다행인 것은 김동혁 감독이 스케줄을 짤 때 일요일 만큼은 반드시 휴식을 취하도록 배려했다는 것이었다.

촬영 팀은 다낭에 있는 펜션과 주변의 단독주택을 통째로 빌려 생활했다.

6개월간 촬영을 해야 했기 때문에 200여 명의 스태프와 배우들이 같은 곳에서 살았는데 강도영도 그들과 함께했다.

슈퍼스타였으니 고급 호텔에서 묵을 만도 했건만 그는 촬영 팀과 같이 생활하겠다면서 고집을 부렸다.

자신만 특별하게 지낸다는 걸 그는 견디기 어려웠던 것 같았다.

다낭을 촬영 장소로 잡은 이유는 전쟁 영화를 위한 세트가 베트남 정부 차원에서 설치되어 있었고 주변에 밀림이 우거져 촬영에 최적이었기 때문이다.

이곳에서도 강도영의 팬들은 넘쳐났다.

교민들은 물론이고 베트남의 젊은이들까지 강도영을 보기 위해 펜션은 언제나 사람들로 인산인해를 이룰 지경이었다.

촬영을 끝내고 지친 몸으로 돌아왔으나 강도영은 항상 그들을 향해 인사를 한 후 숙소로 들어갔다.

자신을 좋아해서 찾아온 사람들을 향한 그의 정성은 어지간한 마음으로는 하기 어려운 것이었다.

촬영 3개월째.

오늘은 적진 깊숙이 침투해서 백마 39연대를 압박하고 있는 적의 수뇌부를 공격하는 장면이었다.

지하 진지에 마련된 적의 사령부는 난공불락의 경계망이 쳐져 있어 최단시간 내에 격파하고 빠져나가지 않으면 포위되어 전멸할 우려가 있었다.

워낙 긴장된 장면이었기에 배우들의 얼굴이 자연스럽게 굳어졌다.

상황에 동화된다는 건 배우들의 기본적인 자세였기에 강도영을 비롯해서 평소 배우들과 유쾌하게 떠들던 유혁, 그리고 서현탁까지 조용하게 촬영이 시작되기를 기다렸다.

야간 촬영이었고 은밀하게 적의 진지를 습격하는 장면이라 조명조차 최소화시켜 사방이 어둠 천지였다.

강도영은 촬영이 시작되기를 기다리며 총을 옆구리에 끼고 바닥에 누워 하늘을 바라봤다.

어둠 속에 빛나는 별들.

서울과는 다르게 베트남의 하늘은 금방이라도 별들이 쏟아질 것처럼 신비로운 광경을 연출하고 있었다.

주머니에서 담배 한 개비를 꺼내 물고 불을 붙였다.

끊었던 담배를 다시 피우기 시작한 것은 베트남에 오고 난 후부터였다.

자신이 맡은 주인공이 영화 전반에서 담배를 피웠기 때문에 자연스럽게 다시 손을 대기 시작했다.

쏟아지는 별들을 향해 담배 연기를 뿜어내자 총총하게 빛나던 별들이 희미해졌다.

담배 연기가 사라지자 다시 밝아진 별들 사이에서 그녀의 얼굴이 떠올랐다.

시간이 지나면 잊을 줄 알았으나 그녀는 별들 사이에서 언제나 그를 내려다보고 있었다.

'유령' 부대원들 사이에서 말년 병장 역할을 맡아 감초 역을 하고 있는 서현탁이 불쑥 나타난 것은 강도영이 담배를 끄고 자신을 내려다보는 그녀의 눈과 코, 그리고 입을 어루만질 때였다.

"도영아, 촬영 시작한단다. 가자."

"그래."

"파편에 맞지 않도록 조심해. 오늘은 폭탄 터지는 장면이 많으니까 몸 좀 사리란 말이야."

"너나 조심해, 인마."

"이 자식아, 네가 물불 가리지 않고 뛰어댕기니까 하는 말이잖아!"

"알았어, 오늘은 조금만 뛰어다닐게."

소릴 지르는 서현탁을 향해 강도영이 피식 웃어주었다.

워낙 걱정을 했기 때문에 알아들었다는 듯 고개를 끄덕였지만 절대 그럴 생각이 없었다.

연기는 혼신을 다할 때 생명력을 얻는다.

서현탁의 말대로 몸을 사리게 되면 관객들은 영화를 보면서 절대 감동을 받지 않을 것이다.

*　　　　　*　　　　　*

촬영이 5개월째로 접어들었다.

이제 남아 있는 신은 20여 개에 불과했지만 스태프들과 배우들의 긴장감은 극에 달했다.

마지막 장면들이 영화의 성패를 좌우할 정도로 중요했기 때문이다.

강도영이 아프기 시작한 것도 그때부터였다.

6개월만에 찾아온 증상이었다.

촬영을 끝내고 숙소에 들어갈 때부터 온몸에 힘이 빠지더니 11시가 넘으면서는 열이 급격하게 오르기 시작했다.

스태프와 배우들이 모두 잠든 시간이었기 때문에 홀로 이를 악문 채 견뎌야 했다.

벌써 세 번째다.

첫 번째는 정신을 잃을 정도로 심했지만 두 번째는 단 이틀 만에 자리를 박차고 일어날 정도로 증상이 심하지 않았다.

그러나 지금은 또 다르다.

열이 올랐을 뿐만 아니라 가슴이 칼에 찔린 것처럼 뻐근하게 아파와 도저히 견딜 수가 없었다.

결국 강도영은 서현탁에게 전화를 걸어 다낭에 있는 병원 응급실로 실려 갔다.

병원 의사의 처방은 감기였으나 강도영은 자신의 상태에 대해서 아무 말도 하지 않고 응급실에 누워 수액 주사와 약을 먹으며 버텼다.

알아도 아무 처방조차 못 할 테니 말해봤자 소용없다.

그저 남들이 알아채지 못하도록 이를 악물고 버티며 고통스러운 시간이 지나가기를 바랄 뿐이었다.

김동혁 감독과 유혁은 의사의 말을 믿고 펜션으로 돌아갔기 때문에 병원에 남은 것은 서현탁과 매니저뿐이었다.

이마에서 땀이 배어 나올 정도로 아팠다.

가슴 한쪽이 찢어지는 아픔은 인내로 무장된 강도영조차 견디기 힘들 만큼 고통스러웠다.

시간이 점점 다가오는 걸까?

고통 속에서도 강도영은 자신의 죽음을 생각하며 눈을 감은 채 이를 악물었다.

아직은 아닐 것이다… 아직은.

소독약 냄새가 자욱한 병원 응급실 침대는 너무 불편했지만 강도영은 그것을 느끼지 못할 정도로 가슴을 짓누르는 고통 속에 사로잡혀 몸부림쳤다.

매니저는 강도영의 물품을 가지러 펜션으로 돌아갔기 때문에 서현탁 혼자 남았는데 놈은 잠깐 나갔다 오겠다더니 아직까지 소식이 없었다.

아마 의사의 감기라는 진단에 안심을 하고 밖에서 서울에 있는 가족과 통화를 하며 쉬고 있었을 것이다.

얼마의 시간이 지났는지 모른다.

온몸은 고통을 참느라 흘러내린 땀으로 흠뻑 젖었으나 고통은 여전히 그의 가슴에서 지워지지 않았다.

"도영아!"

뒤늦게 들어온 서현탁이 가슴을 움켜쥐고 고통 속에 사로잡혀 있는 강도영을 확인한 후 소리를 버럭 질렀다.

"왜 그러냐. 어디가 아픈 거야?"

"조용해… 인마. 간호사 찾아서 진통제 좀… 진통제 좀 놔달라고 그래. 나 견디기 힘들다."

"아이고, 이 자식아!"

강도영의 몸을 더듬던 서현탁이 미친 사람처럼 달려 나가며 의사를 불렀다.

의학 상식에 대해서 아는 건 없어도 강도영이 반 시체처럼
변한 채 고통스러워하는 이유가 감기 때문이 아니라는 걸 충
분히 직감할 수 있었다.

의사가 간호사를 매단 채 달려와 뭐라고 떠들었지만 알아
들을 길이 없었다.

그의 눈에는 아직까지 눈곱이 매달려 있는 걸 보니 자다가
일어나서 온 모양이었다.

통역사까지 단순한 감기라는 의사의 말에 안심하고 돌아갔
기 때문에 그의 말을 알아들을 수 없었다.

하지만 강도영은 고통 속에서도 영어로 의사를 부른 후 진
통제를 놔달라고 부탁했다.

다행스럽게 의사는 영어를 하는 사람이었다.

"어디가 아픈 겁니까?"

"가슴에 통증이… 의사 선생님, 내가 폐렴이 있습니다. 아
마 그게 조금 악화된 것 같아요."

"당신은 의사가 아닙니다. 가슴에 통증이 있다면 내일 날이
밝는 대로 CT를 찍어봐야 됩니다."

"알았으니까… 일단 진통제를……."

강도영이 고통스러운 얼굴로 계속해서 진통제를 놔달라고
사정하자 의사가 어쩔 수 없다는 듯 간호사에게 고개를 까딱

였다.

그런 후 계속 아프면 자신을 찾으라는 말만 남기고 자리를 떴는데 다시 자러가는 것 같았다.

진통제를 맞고 나자 고통이 조금씩 누그러지기 시작하면서 졸음이 몰려왔다.

얼마나 고통에 시달렸는지 강도영의 육체는 진통제를 맞은 후 10분도 견디지 못하고 길게 늘어졌다.

　　　　　*　　　　　*　　　　　*

서현탁의 연락을 받은 김동혁 감독과 유혁이 통역사를 매달고 새벽부터 달려왔다.

그들은 강도영이 원인 모를 통증에 시달렸다는 소식을 들은 후 얼굴이 하얗게 변해 있었는데 혹시 풍토병에 걸렸을지 모른다는 우려 때문이었다.

다행스럽게 강도영의 병명은 감기에서 변하지 않았다.

혈액을 포함해서 다른 검사를 했지만 풍토병에 대한 증상은 전혀 나타나지 않았다는 것이었다.

의사의 주장에 의해 CT까지 찍었으나 강도영의 병명은 특별히 달라진 게 없었다.

폐렴 증세가 있었으나 그것도 꾸준히 약을 먹어서 그런지 희미하게 사그라진 상태였다.

그러나 강도영은 여전히 고통 속에 사로잡혀 몸부림을 치고 있었다.

특별한 병명도 없는 상태에서 강도영이 계속 고통을 호소하자 김동혁 감독과 스태프들이 어쩔 줄을 몰라 했다.

베트남 현지 병원의 수준으로는 더 이상 어떤 검사나 처방도 어려웠다.

이렇게 계속 강도영이 고통스러워한다면 서울로 돌아가 정밀 검사를 할 수밖에 없는 상황이었다.

난감했다.

강도영이 없다면 영화 촬영은 중단될 수밖에 없었지만 이런 고통 속에서 그를 방치할 수는 없는 노릇이었기에 김동혁 감독은 즉시 서울로 후송하라는 오더를 스태프들에게 내렸다.

그걸 말린 것은 강도영이었다.

"감독님, 점점 좋아지고 있어요. 하루만 더 병원에 있으면 좋아질 것 같습니다."

"안 돼. 내가 이승환 사장한테 멱살을 잡혀야 속이 시원하겠냐. 무조건 돌아가. 가서 치료 먼저 받은 후에 와라. 촬영은 걱정하지 말고. 그렇지 않아도 이사장이 방방 뜨더라. 당장 쫓아오겠다는 걸 서울로 보낼 거니까 오지 말라고 간신히 달랬다."

"지금 가면 더 악화될 수 있어요. 가도 고통이나 가라앉으면 그때 갈게요."

"음······."

강도영의 말에 김동혁 감독이 깊은 신음성을 냈다.

맞는 말이다.

이렇게 안 좋은 상태에서 비행기를 탔다가 무슨 일이라도 생긴다면 더 안 좋은 상황을 만들지도 몰랐다.

그랬기에 그는 강도영을 빤히 바라보면서 난감한 표정을 숨기지 못했다.

*　　　　*　　　　*

상도영이 병원을 나선 것은 3일째 되던 날이었다.

열이 가라앉았고 가슴의 통증도 느껴지지 않을 정도로 없어졌기 때문에 마치 아무 일도 없던 것처럼 강도영은 병원을 나와 촬영장에 합류했다.

김동혁 감독을 비롯한 스태프들은 물론이고 배우들까지 돌아온 강도영을 진심으로 위로해 주었다.

단 한 사람도 그가 꾀병을 앓았다고 생각하지 않았다.

강도영은 언제나 누구보다 먼저 촬영장에 나왔고 몸을 사리지 않는 혼신의 연기를 펼쳤는데 보는 사람이 질릴 정도였다.

더군다나 슈퍼스타답지 않게 모든 사람에게 친절했고 겸손

했기 때문에 베트남에서 촬영했던 다섯 달 동안 가뜩이나 좋았던 강도영에 대한 평판은 최고조에 달해 있었다.

막바지 촬영이 다시 시작된 것은 그가 병원에서 돌아온 후 이틀 후부터였다.

체력을 회복하라는 김동혁 감독의 배려로 인해서였다.

감독으로서는 쉬운 결정이 아니다. 200여 명의 스태프와 배우들이 단 한 사람 때문에 5일이란 시간을 허비했는데도 그는 전혀 개의치 않고 서두르지 않았다.

마지막 한 달 동안 '청룡'의 촬영 팀은 밤을 새워가며 영화의 하이라이트 장면을 찍느라 고생했다.

강도영이 맡은 주인공 유태천은 물론이고 '유령'부대의 모든 인원이 장렬하게 산화해 가는 과정을 리얼하게 찍기 위해 김동혁 감독은 수십 번의 NG를 가차 없이 불렀다.

영화에 참여했던 배우들과 스태프들이 촬영이 끝났을 때 모두 눈물을 보인 건 그만큼 고생이 심했기 때문일 것이다.

언제나 그렇듯 촬영 팀은 영화의 촬영이 모두 끝나자 코가 삐뚤어지도록 술을 마셨다.

모든 사람이 술을 마시고 노래를 부르며 춤을 추었다.

거기에는 강도영도 예외는 아니었다.

아팠던 사람답지 않게 강도영은 스태프들과 배우들이 주는 술을 모두 받아 마셨는데 얼마나 취했는지 인사불성이 될 정도였다.

쫑파티가 끝났을 때 서 있는 사람이 보이지 않았다.

김동혁 감독은 물론이고 유혁과 대부분의 배우가 전부 취해서 비틀거렸는데 그런 배우들을 몇몇의 스태프와 매니저들이 부축해서 옮기느라 생고생을 해야 했다.

서현탁이 다가온 매니저를 눈짓으로 오지 못하게 만든 후 자신이 직접 횡설수설하는 강도영의 어깨를 부축했다.

그러고는 천천히 걸어서 펜션 밖에 설치되어 있는 파라솔로 강도영을 데리고 갔다.

회식이 길었던 모양이다.

시간은 벌써 12시가 넘었기 때문에 펜션 밖에는 개미 새끼하나 다니지 않았다.

의자에 앉히자 강도영이 서현탁에게 머리를 기대왔다. 머리 곧추세울 힘조차 남아 있지 않은 모양이었다.

"많이 마셨냐?"

"옹… 많이 마셨지… 크크크… 우리 귀여운 현탁아, 뽀뽀 한번 할까?"

"그건 은서 씨한테나 해, 인마!"

"은서… 은서… 이 자식아, 은서는 여기 없잖아."

강도영이 고개를 흔들거리며 겨우겨우 눈을 떠서 누군가를 찾았다.

그의 행동으로 봤을 때 신은서를 찾는 것 같았다.

서현탁이 눈을 지그시 오므리며 그런 강도영을 쳐다봤다.

신은서의 이름을 꺼낸 것은 의도적이었다. 촬영하는 내내 강도영은 혼자 있을 때면 멍하니 생각에 잠겨 있었다.

그리움이다. 누군가를 간절하게 보고 싶어 하는 그리움이 강도영의 눈에는 언제나 담겨 있었다.

"은서 씨 아직도 보고 싶냐?"

"딸꾹… 보고 싶지… 보고 싶다. 너무나 보고 싶어."

"그런데 왜 헤어졌어?"

"헤헤… 왜 헤어졌냐 하면… 은서 씨가 아파할까 봐. 그래서 아프지 말라고 헤어진 거야… 크크크, 나 잘했지. 안 그러냐, 현탁아?"

"은서 씨가 왜 아파하는데?"

"왜냐하면… 내가… 내가 많이 아프거든, 나 말이야… 현탁아, 끄윽… 얼마 못 산다. 그래서 은서 씨 덜 아프게 하려고 헤어진 거야……."

"네가 죽어? 이… 미친놈이 무슨 개소리를 지껄이는 거야!"

"현탁아, 나 졸려……."

"이 새끼야. 눈 떠… 말해, 어디가 아프길래 죽어. 이 새끼야, 눈 뜨라고!"

서현탁이 눈을 감은 채 고개를 떨어뜨리는 강도영의 멱살을 잡아끌며 흔들었다.

　이미 그의 눈은 술이 완전히 깬 것처럼 번들거리고 있었는데 강도영의 말에 충격을 받았는지 붉게 물든 상태였다.

『스크린의 별』 9권에 계속…

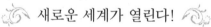

초대형 24시 만화방

신간 100%, 샤워실, 흡연실, 수면실(침대석), 커플석, 세탁기 완비

■ 광명 광명사거리역점 ■

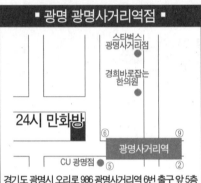

경기도 광명시 오리로 986 광명사거리역 6번 출구 앞 5층
02) 2625-9940 (솔목타워 5층)

■ 강북 노원역점 ■

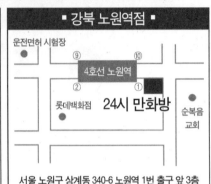

서울 노원구 상계동 340-6 노원역 1번 출구 앞 3층
02) 951-8324 (화용빌딩 3층)

■ 일산 정발산역점 ■

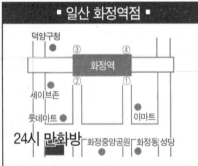

라페스타 E동 건너편 먹자골목 내 객잔건물 5층
031) 914-1957

■ 일산 화정역점 ■

경기도 고양시 덕양구 화정동 984번지 서일빌딩 7층
031) 979-4874 (서일사우나 건물 7층)

■ 부천 역곡역점 ■

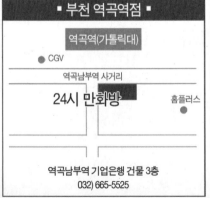

역곡남부역 기업은행 건물 3층
032) 665-5525

■ 부평역점 ■

(구) 진선미 예식장 뒤 한신포차 건물 10층
032) 522-2871

FUSION FANTASTIC STORY

RPM 3000

가프 장편소설

RPM(Revolution Per Minute: 분당 회전수)!
150km/h 160km/h?
이제는 구속이 아니라 회전이다!!

여기 엄청난 빅 유닛과 환신(換身)에 성공한 사내가 있다.
그 이름, 황운비!

훈련은 *Slow and Steady,*
시합은 *Fast and Strong!*

꿈의 *RPM 3000*을 찍는 패스트 볼을 장착하고
메이저리그를 종횡무진 누빈다!

Book Publishing CHUNGEORAM

유행이 아닌 자유추구 -
WWW.chungeoram.com

크레도 장편소설
FUSION FANTASTIC STORY

톱스타 이건우

열정만으로 성공하는 것은 아니다!

어중간한 실력으로 허송세월하던 이건우.

그의 앞에 닥친 갑작스러운 사고와 함께 떠오르는 기억.

'나는 죽었는데 살아 있어. 그건 전생? 도대체……'

전생부터 현생까지 이어지는 인연들.
그리고 옥선체화신공(玉仙體化神功)…….

망나니처럼 살아온 이건우는 잊어라!
외모! 연기! 노래!
삼박자를 모두 갖춘 최고의 스타가 탄생한다!

Book Publishing CHUNGEORAM

유행이 아닌 자유추구 -
WWW.chungeoram.com

아우스
마도 시대의 시작

FUSION FANTASTIC STORY

강준현 장편소설

여덟 번의 죽음을 겪었고, 아홉 번의 삶을 살았다.
그리고 열 번째,
난 노예 소년 아우스로 환생했다.

푸줏간집 아들, 고아, 불량배, 서커스단원, 남작의 시동 등…
아홉 번의 삶을 산 나는 참으로 운이 없었다.

나는 더 이상 과거의 내가 아니다!
내가 꿈꾸던 새로운 삶을 살 것이다!

Book Publishing CHUNGEORAM

유행이 아닌 자유추구-
WWW.chungeoram.com